Author
kimimaro
Illustration
刀 彼方
前世が最強魔導師だった俺、
異世界魔法で無双する!
I was the invincible wizard in previous life,
became unrivaled with otherworldly magic!

「おかえりー」
桜坂那美
さくらざか・なみ

「はぁあっ!!」
神南紗由
かんなみ・さゆ

「ダンジョンがどんな場所か知ってる?」
桜坂天人
さくらざか・あまひと
黒月七夜
くろつき・ななよ

「力を隠すのはやめだ」

I was the invincible wizard
in previous life, became unrivaled
with otherworldly magic!

Contents

前世が最強魔導師だった俺、異世界魔法で無双する！

kimimaro

GA文庫

カバー・口絵・本文イラスト
刀彼方

第一話　街中のドラゴン

「申し訳ないんだけど、今は人を募集してないんだよねえ……」

「わかりました、ありがとうございます」

とある町工場の事務所にて。

申し訳なさそうな顔をする社長さんにお辞儀《じぎ》をすると、俺《おれ》は重い足取りでその場を後にした。

これでかれこれ、五十社連続の不採用。

どこも景気が悪いとは聞いていたが、ここまで採用されないとは予想外だった。

「参ったな。もうバイトで食い繋《つな》ぐしかないかも」

高校を卒業して、はや三か月。

俺こと桜坂天人《さくらざかあまひと》は猛烈な不景気の嵐に呑《の》まれていた。

在学中にアルバイトで蓄えた貯金もいよいよ乏《とぼ》しくなってきている。

一昔前までは、高卒の就職といえば学校の斡旋《あっせん》でほぼ確実に決まったらしいが……。

誰もが職を求める今となっては、残念ながら夢のまた夢であった。

こうなってしまったのも、すべては――。

「お、桜坂じゃねーの！　久しぶりじゃん！」

俯《うつむ》きながら通りを歩いていると、不意に誰かが声をかけてきた。

げ、面倒なやつに出くわしたな……。

振り向けば、そこには高校時代の同級生と、ほか数名の男が立っていた。

シャツにスラックスの俺と違って、全員が黒のウェットスーツのような機動服を着込んでいる。

現代における勝ち組〝討伐者《とうばつしゃ》〟の正装だ。

「ああ。元気してたか？」

「もちろん。それより桜坂の方こそ、大丈夫か？　具合悪そうだったけど」

「……なかなか就職決まらなくてさ」

「そっか、一般組は厳《きび》しいらしいからなぁ。お前、親もいないんだし頑張《がんば》れよ」

それだけ言うと、同級生の赤井《あかい》たちはすぐさま歩き去っていった。

ちょうど一仕事終えた後なのだろうか？

焼肉を食いに行こうなどと、景気のいい話が漏《も》れ聞こえてくる。

「……はぁ」

赤井たちの背中を見送りながら、俺は大きなため息をついた。

決して、馬鹿にされたわけでも笑いものにされたわけでもない。

しかし、あまりの境遇《きょうぐう》の差に何とも言えない黒い感情を覚えずにはいられなかった。

「生まれる時代、間違えたよな俺」

日本にダンジョンと呼ばれる未知の領域が出現したのは、今から三十年前のこと。

当時の首都だった東京《とうきょう》のど真ん中に、いきなり巨大な門のようなものが現れたのだという。

そこから溢《あふ》れ出したモンスターによって、この国はたちまち存亡の機を迎えた。

モンスターに対して銃火器は効果を発揮せず、防衛線は崩壊《ほうかい》。

一時は列島全体から撤退《てったい》するという話まであったらしい。

しかしすんでのところで、モンスターのある弱点が判明。

のちに討伐者と呼ばれる特殊能力に目覚めた人間も出現し、日本はかろうじて滅亡《めつぼう》を免れた。

その後、ダンジョンのもたらす未知の資源によって崩壊した経済も徐々に復興《ふっこう》。

皮肉なことに、国を滅亡寸前へと追いやったダンジョンは国を復興させる鍵《かぎ》となったのだ。

とはいえ、人口の一割以上と首都を失った損失は計り知れない。

その傷は三十年が過ぎてなお癒《い》えてはおらず、ダンジョン関連の産業を除けば底知れない不景気だ。

おまけに治安も著しく悪化しており、俺のような無能力の一般人には生きづらいことこの上ない。

俺が生まれるずっと前、日本は世界で一番治安がいいとかいわれていたらしいが……。

毎日のように武装強盗がニュースになる現在では、ちょっと信じられない話だ。
「……まあ、考えても仕方ないか。それより仕事だな、仕事」
財布を開いて改めて中身を確認する。
全部で二万円ちょっと。
これが、今の俺たちに残された全財産だ。
俺は妹と二人暮らしなので、持ってあと三週間といったところだろう。
それまでにどうにか仕事を見つけなければ、兄妹仲良く飢《う》えてしまう。
とりあえず、今日は早いところ家に帰って明日の朝いちばんに――。
「あたっ!? すいませ………!?」
考え事をするあまり、誰かにぶつかってしまった。
そう思った俺はすぐさま頭を下げたのだが……そこにいたのは人ではなかった。
視界を埋め尽くしたのは、金属のような光沢のある黒い鱗《うろこ》。
それが壁のように路地を遮《さえぎ》っている。
いったい、何がどうなっている?
突然のことに、脳が混乱して考えがまとまらない。
恐る恐る視線を上げてみると、たちまち現れる白い牙と金色の眼。
こいつは……!!

「まさか……ドラゴン…………!?」

俺はたまらず言葉を詰まらせた。

――ドラゴン。

ダンジョンに出現する無数のモンスターの中でも、最強と名高い種族である。

東京を数日で焼き尽くしてしまったのも、このドラゴンの群れだったといわれている。

砲弾を弾《はじ》く強靱《きょうじん》な鱗、ビルを切り裂く爪、そしてすべてを灰燼《かいじん》に帰すブレス。

その戦闘力は一般人である俺はおろか上級討伐者をも凌ぐとされる。

「な、何でこんなところに……!?」

いくら現代日本の治安が悪いとはいえ、街中に出るのはせいぜい強盗ぐらいのはずだ。

なんだってまたこんな大物モンスターが……。

ダンジョンに異変があったなら、すぐに緊急速報が出るはずなのに！

そう考えた瞬間、赤井たちの姿が脳裏をよぎった。

いくら討伐者といえども、常に機動服を着て生活をしているわけではない。

あの時は嫉妬《しっと》でそれどころではなかったが、あの服装はこの付近にダンジョンが出現した証しだろう。

ああくそ、もっと警戒しておけばよかった……!!

でも、普通はドラゴンなんて出たらもっと騒《さわ》ぎになっているはずだけど……。

俺があれこれ思案しているうちに、寝そべっていたドラゴンは悠々《ゆうゆう》と起き上がる。
「ひっ!!」
全身を貫《つらぬ》くような視線。
たちまち、俺は腰が抜けて身動きが取れなくなってしまった。
生物としての絶望的なまでの格の違い。
本能が戦うことを拒絶し、ひたすらに逃げ場を求めて視線が彷徨《さまよ》う。
……殺される、殺される殺される殺される!
恐怖が脳を支配し、全身が震える。
——グルルラァ。
やがてそんな俺をあざ笑うかのようにドラゴンの口がこちらに近づいて来た。
生暖かい吐息《といき》が、たちまち全身を撫《な》でる。
同時に、死肉を思わせる腐臭《ふしゅう》が周囲に満ちた。
「あ、あぁ……!!」
生々しい臭いと感触に、俺は情けない声を漏らした。
だがその瞬間、ドラゴンは興味をなくしたかのように俺から視線をそらせた。
……助かったのか?
食われなかったことに安堵《あんど》し、たちまち全身から力が抜けた。

とにかく、一刻も早くここから逃げなくては。
そう思った瞬間、俺はドラゴンの向かう方向に自宅アパートがあることに気付く。
「……なんで、よりにもよってそっちなんだよ！」
この時間、既《すで》に妹の那美《なみ》は学校から家に帰っているはずだ。
俺は急いでスマホを取り出して電話しようとするが、まったく繋がらない。
たぶん、夕飯を作るためにスマホを置いて台所にいるんだな……！
このままだと、ドラゴンは数分もしないうちにアパートまでたどり着くだろう。
そうなれば、いったいどうなるのか。
都合よく那美のことを見逃してくれるとは限らない。
「…………やるしかない！」
倒れる那美の姿が脳裏をよぎり、自然と体が動き始めた。
固く拳《こぶし》を握《にぎ》り締めると、小走りでドラゴンを追いかける。
そしてドラゴンの背中に向かって、全力で鞄《かばん》をフルスイングした。
――バゴンッ!!
革《かわ》の鞄はたちまち大きく変形し、中のタブレットが二つになって飛び出す。
ああ、なけなしの貯金をはたいて買ったタブレットが……!!
思わず目を見開くが、犠牲《ぎせい》を払っただけのことはあった。

一度は俺から興味を失ったドラゴンが、ゆっくりとこちらへ振り向く。

「はは、ははは……！　こっちこいよ、俺が相手だ……!!」

とにかく挑発《ちょうはつ》して、進行方向を変えなければ！

乾いた笑みを浮かべながら、俺は中指を突き立てた。

そして転がっていたタブレットの残骸《ざんがい》を掴《つか》むと、ドラゴンの眼をめがけて投げつける。

無論、直撃したところでダメージが入るはずもない。

だが、少なくとも俺のことを目障《めざわ》りだとは思ったのだろう。

顔に一撃食らったドラゴンは気だるげに前脚《まえあし》を持ち上げると、蚊《か》でも潰《つぶ》すように無造作《むぞうさ》に動かす。

「あがっ⁉」

ほんの軽い一撃。

それが俺の身体をいともたやすく吹き飛ばした。

なんだ、これ……⁉

衝撃《しょうげき》で肺が押され、悲鳴を上げることすらままならない。

そのままなすすべもなく地面に転がった俺を尻目に、ドラゴンは再びアパートのある方に歩き出す。

「俺の命って……この程度かよ……!!」

今ので一体、どれほどの時間を稼《かせ》げただろう？

十秒？　いや、五秒にも満たなかったかもしれない。

命を懸《か》けたにしては、無にも等しい成果。

あまりにも理不尽《りふじん》な結果に、俺は自分の無力さを痛感する。

「せめて、イデアがあればな……！」

選ばれし者たちが目覚める特殊能力、イデア。

時に物理法則を超越《ちょうえつ》するそれは、人の意思によって現実を書き換える能力だといわれている。

討伐者になるためには必須とされるその力に、ついに俺が覚醒《かくせい》することはなかった。

しかし、そのことについてさほど落胆《らくたん》することはなかった。

小市民根性と言うべきか、負け犬根性と言うべきか。

現実はそんなものだという、諦《あきら》めにも似た悪い意味で大人っぽい考えがあったのだ。

けれど、今は違う。

力が欲しい、あのドラゴンを足止めできる程度でいい。

俺の手に……力を……!!

命と引き換えだっていい、那美を助けなければ……!!

イデアが人の意思で現実を書き換えるというならば、どうして今発現しない！

これほどまでに願っているというのに……！

「…………!?」
薄れゆく意識の中で、ポンッと何かが弾けた。
続いて、いきなり見覚えのない光景が浮かんでくる。
これは……焼き払われた村か……？
炎に煙《けむ》る夕空を、巨大なドラゴンの群れが悠々と飛び回っている。
一瞬、日本の光景かと思ったがそうではない。
崩《くず》れ落ちた建物は古めかしい煉瓦造りで、逃げ回る人々は欧州《おうしゅう》系の人種に見える。
なんだ、なんなんだこれは？
俺は何を見せられている？
走馬灯《そうまとう》なら、何で見覚えのないものが見える？
混乱する思考をよそに、右手がすうっと前に伸びた。
それはまるで、何かに導かれているようだった。
そこにどこか懐《なつ》かしさを覚える不可視の力が収束し、唇《くちびる》が言葉を紡《つむ》ぐ。
「インフェルノ」
手のひらから放たれる炎。
収束した紅炎が、巨大な弾となってドラゴンの鱗を貫く。
――ドグォン!!

爆音とともに、黒光りする巨体に風穴《かざあな》が開いた。

瞬《またた》く間に命を奪《うば》われたドラゴンは、ゆっくりとその場に崩れ落ちる。

「……そうだ、思い出した。俺、賢者だった」

ドラゴンの亡骸《なきがら》を見ながら、茫然《ぼうぜん》と呟《つぶや》く俺。

その脳裏には、異世界で魔導師として生きた記憶がありありと蘇《よみがえ》っていた。


──○●○──


異世界ヴェノリンド。

かつて俺は、そこで万法の賢者と呼ばれる大魔導師であった。

魔導の探求に励《はげ》んだ日々、強敵との戦い、仲間との思い出。

瞼《まぶた》を閉じれば、すべてが昨日の出来事のようにありありと思い起こすことができる。

どうしてこのことをすっかり忘れていたのだろうか。

今となってはそう思えるほど、前世の記憶は鮮明だった。

唯一、死の間際《まぎわ》の記憶だけはすっぽりと抜け落ちているが……。

よほど耐えられないような死に方でもしてしまったのだろうか？

「……っと！　今はそれどころじゃなかった！」

思い出に浸《ひた》るのをやめて、我に返る。

これだけの騒ぎだ、すぐに近くの警察や討伐者が駆《か》けつけてくるだろう。

さっさと逃げないとめんどくさいことになるな。

最悪の場合、警察にご厄介《やっかい》になるかもしれない。

幸いなことに、モンスターは特殊な機材でなければ撮影することができない。

この場さえ逃げ切れば、記録が残っている可能性は低いだろう。

「イクスヒール。これでいいな」

治癒《ちゆ》魔法をかけて、身体が動くようにする。

身体全体がほのかに温まり、全身の激痛があっという間に消えていった。

念のためかなり強めの魔法を使ったが、ちょっとやりすぎたかな？

肋骨《ろっこつ》が折れていたはずだが、それさえも綺麗《きれい》に治ってしまった。

「あとは……」

俺は散らばっていたタブレットの残骸をしっかりと回収すると、すぐに家に向かって走り出した。

後のことはじっくり家で考えることにしよう。

那美にもいろいろ相談したいことがあるしな。

―――○●○―――


思案しながら走ること数分。

俺はあっという間にアパートの前へとたどり着いた。

築四十年の木造二階建て。

今の時代には非常に珍しい物件である。

本当は那美の安全を考えて、もっとセキュリティの良い物件に住みたいところなのだが、あいにくこの辺りで家賃四万円を切るのはもうこの物件ぐらいしかない。

外の通路に置かれた洗濯機を避《よ》けながら部屋の前に着くと、とんとんとノックをして鍵を開ける。

「ただいまー」

「おかえりー。……って、なにその格好⁉」

ドアを開けるとすぐに、台所で料理をしている那美の姿が見えた。

すっかりぼろぼろになった俺を見て、彼女はたちまち目を丸くする。

そして俺に抱き着くと、全身をペタペタと触り出した。

「暴漢《ぼうかん》にでもあったの⁉　それとも、車にはねられた？　まさかまさかダンジョン氾濫《はんらん》でも起きた⁉」

「ああ、大丈夫。ちょっとガラの悪い連中に襲われたけど、無事に撃退できたから」

すごい勢いで俺を心配する那美を、まあまあと宥《なだ》める。

彼女はしばし落ち着かない様子だったものの、やがて俺がケガをしていないことに気付いて
ほっとしたような顔をした。

「ならいいけど、治安悪いんだから気を付けてよね」

「わかってるって。それよりごめん、服ボロボロにしちゃって」

「そんなのいいよ！　お兄ちゃんが大丈夫ならそれで！」

微笑《ほほえ》みを浮かべた俺に、那美は心底安心したようにほっと胸を撫で下ろした。

すっかり心配をかけてしまったなぁ。

けれど、これからはもう安心だ。

「那美、急な話なんだけどさ、ちょっと聞いてくれ」

「……また面接落ちたの？」

「そうだけど、そうじゃなくて。俺さ……………討伐者になろうと思うんだ」

俺が至って真面目な顔でそういうと、那美は怪訝《けげん》な顔をした。

思考が追い付いていないのか、そのまましばらく静止してしまう。

そして数十秒後、猛烈な勢いで俺に接近してきた。

「お兄ちゃん、病院行こう！　頭の中が大変なことになってる！」

「いやいや、どこも悪くないから！」

「じゃあ、何で急にそんなこと言うの？　諦めたんでしょ？」

呆《あき》れたような顔で言う那美。

討伐者になるために必須《ひっす》とされるイデア。

これは、十五歳になるまでに発現するものとされている。

既に十八歳になってしまった俺にはおよそ縁遠《えんどお》いものだ。

しかし、今は少しばかり事情が違う。

「イデアがな、発現したんだよ」

「またまた。就活が上手くいかないからって、現実逃避は良くないよ」

「本当だって。ほら」

魔力を集中させて指先に小さな光を灯《とも》す。

それを見た途端《とたん》、那美はすごい勢いで俺に詰め寄ってきた。

そして腕を掴むと、幽霊でも見たような顔をする。

か細い光であろうと、物理的に説明のつかないそれはイデア以外にはあり得なかった。

……俺のは魔法でつくった偽《にせ》イデアなんだけどな。

現代日本には、ダンジョンはあっても魔法はないはずなのだ。

「うっそ⁉　お兄ちゃんがイデアを⁉」

「これで俺も何とか討伐者に――」

「お祝いしなきゃ！　お赤飯？　ううん、お寿司頼もう！」

俺がイデアに目覚めたと聞いて、俺以上に喜ぶ那美。

本当はイデアではないのだけれど、まあ似たようなことはできるし問題ないか。

前世の記憶を思い出して魔法が使えるようになったと正直に言っても、絶対に信じないだろうし。

実の妹に不審者《ふしんしゃ》を見るような目で見られることは避《さ》けたいからな。

「お祝いは稼いでからな。まだお金が入ったわけじゃないんだから」

「あ、そうだった！　ごめんごめん！」

「ま、すぐにガッツリ稼いでくるから期待してくれよ」

「うん！　でも無理はしないでよ？　お兄ちゃんの身体が一番大事なんだからね。お兄ちゃんまでいなくなったら、私……」

不意に、寂《さび》しげな顔をする那美。

もしかして、父さんと母さんがいなくなった日のことでも思い出しているのだろうか。

俺はその表情に後ろ髪を引かれるような思いがしたが、すぐに彼女を抱き寄せて背中をさすってやる。

「わかってるよ。けど、お前の学費を確保しなきゃいけないからな」

「うん……」

那美はとても成績優秀だ。

いい大学へ行くこともできるだろう。

だからこそ、それまでの学費と生活費を何としてでも俺が稼がねばならない。

可愛い那美に俺のような苦労はさせたくないからな。

そのためなら多少の危険ぐらい、喜んで背負おうじゃないか。

「……本当に気を付けてね」

「もちろん。那美のためにも無茶はしない」

「ん、じゃあご飯持ってくるね！」

俺の返事を聞いて、いくらか安心したのだろう。

気を取り直すようにふんふんっとリズムを取りながら、那美は台所へと移動した。

やがて彼女は大きな土鍋《どなべ》を持って部屋に戻ってくる。

「はーい、もやしごはん！　うちで育ったモヤシがいっぱいだよ～!!」

「お、今日は全然水が入ってない！」

「ふふーん、モヤシが順調に育ったからね！　自然の恵みに感謝だよ！」

こうしてこの日の夜は、穏《おだ》やかに過ぎていくのだった。

閑話　夜に集う者

「ここに出たの？」

天人《あまひと》がドラゴンを倒した日の深夜。

住宅街にはおよそ似つかわしくない、機動服を着た一団が路地を歩いていた。

その中には、昼間に天人と話した赤井《あかい》たちの姿もある。

襟元《えりもと》に金の社章を着けた彼らは、国内でも有数のカンパニー『ナイトゴーンズ』のメンバーだ。

ちなみにカンパニーというのは、討伐者《とうばつしゃ》たちの所属する企業体のことである。

「目撃者の情報だと、黒いドラゴン種だそうだ」

「見間違いじゃない？　ドラゴンが外に出たなら、こんなに静かなのはおかしいわよ。通りすがりの誰かが、すぐに倒したとでも言うの？」

集団の先頭を歩く金髪の少女が、呆《あき》れたように呟《つぶや》いた。

モンスターの中でも最強格であるドラゴン種。

そんなものがダンジョンの外に出たら、今頃この辺りは壊滅《かいめつ》していることだろう。

そうなっていないということは、そもそもドラゴンは現れていない。

通りがかりの誰かがドラゴンを倒したなどと推測《すいそく》するよりは、堅実《けんじつ》な話だった。

「だが、この辺りで何かが起きた痕跡《こんせき》はある。見ろ、塀《へい》が崩《くず》れている」

「車が事故ったとかじゃないの？」

「それならそれで、警察が把握《はあく》しているだろう」

「……それもそうか」

顎《あご》に手を押し当てながら、考え込むようなしぐさをする少女。

しかし、街中にドラゴンが現れてすぐ消えたという不可解な事態に対しては、考えてもよくわからなかった。

やがて彼女は赤井たちの方へと振り返ると、呆れたように言う。

「……だいたい、赤井たちの動きが遅いのがいけないのよ。あのぐらいのダンジョン、一日で潰《つぶ》しなさい。それをちんたらやった挙句《あげく》、帰りに焼肉食ってて即応できなかったって？」

「す、すいません!!　でも、ドラゴンがあのダンジョンから出たとは限らないですし……」

「言い訳すんな。モンスターが空中から現れるわけないいんだから、一番近いあそこから出たって考えるのが自然でしょ？」

「それがレーダーにも引っかかってなくて。それにあのダンジョン、ドラゴンが湧《わ》くような高難易度じゃないですし」

「そういうイレギュラーが起こるのがダンジョンなのよ」

「……もういい、過ぎたことだ」

怒れる少女に恐縮しきりの赤井たちを、まぁまぁと男が庇った。

彼の名は黒岩鋼十郎《くろいわこうじゅうろう》、ナイトゴーンズでも最古参の一人である。

流石《さすが》の少女も彼には頭が上がらないのか、赤井たちを詰めるのをやめる。

「ったく、しょうがないわね」

「……とにかく、今は調べるしかないだろう。ここ最近の異変とも関係あるかもしれない」

そう言うと、男は改めて現場を見渡して詳しく検証を始めた。

黒い鞄《かばん》を地面に置くと、中から様々な計測機器を取り出す。

一方、手持無沙汰《てもちぶさた》となった少女は赤井たちに再度尋《たず》ねる。

「目撃者たちが言ってたのは、黒いドラゴン種で間違いないのね？」

「はい。大きさ的にもそうかと」

「誰かスマホで撮《と》ってた人とかいないの？」

「モンスターを映せる機材は特殊なので、一般人は持っていないかと……」

モンスターは専門の撮影機材でなければ映らない。

この世界の生物ではない彼らは、物理的な干渉をあまり受け付けないのだ。

一般人の間では常識だが、日頃からモンスターと戦っている討伐者は逆に忘れがちな事実である。

「ああそっか。しっかし、仮にドラゴンだとすると誰が倒したのかしらね」

「この付近だと、うち以外に有力なカンパニーはアマテラスぐらいですが……」

「あそこの戦力だと無理よ」

きっぱりと断言する少女。

カンパニーは、ダンジョン攻略とモンスター討伐を生業《なりわい》とする営利企業である。

彼らの間には激しい競争が存在し、ゆえに商売敵についてはよく把握している。

その知識をもとに考えれば、この地域にドラゴンを討伐できるだけの勢力はナイトゴーンズ以外に存在しないはずだった。

他地域の有力カンパニーが遠征してきているなどという話も聞かない。

「ひょっとすると、帝国技研の特殊兵器とか？　最近やべえの造ったとか噂《うわさ》ありますけど」

「そんなの都市伝説よ。だいたい、技研のやつらがわざわざこんな街中で何かやると思う？」

「それなら、一般人の誰かがイデアに覚醒《かくせい》して倒したとか」

「馬鹿、それこそあり得ない。そんなど素人がドラゴンを倒すなんて。アニメの見過ぎなんじゃないの？」

「ですよねえ……」

そう言いながら、自身の過去を振り返る赤井。

早くから優秀なイデアに覚醒し、国内でも有数のカンパニーに所属することのできた彼であったが、それでも初めのうちはゴブリンのような弱いモンスターを倒すのがせいぜいだった。カンパニーにも所属していないど素人がドラゴンを倒したなど、あまりにも夢想が過ぎる。

少女の言う通り、アニメの見過ぎだ。

「もしそんな怪物がいるなら、ぜひうちに欲しい人材だわ。私すら超える大天才よ」

「私すらって、基準が自分かよ」

「もちろん、この神南紗由《かんなみさゆ》を誰だと思ってるの」

自信満々に胸を張る少女こと神南紗由。

あまりに尊大なその態度に、鋼十郎はやれやれと頭を抱えた。

紗由は既《すで》にナイトゴーンズでも屈指《くっし》の実力者だが、この精神性は玉に瑕《きず》である。

「……あの、ちなみにですけど。今の神南さんなら、ドラゴンって倒せます？」

「はぁ？　誰に向かって言ってんのよ」

赤井の問いかけに、紗由は不機嫌そうに眉《まゆ》を吊り上げた。

腰に差していた剣に手を掛けると、音もなく抜き放つ。

――赤熱。

セラミックで造られた刃が、たちまち紅い炎を帯びた。

その熱量はすさまじく、離れたところに立っているはずの赤井たちですら肌を焼かれる。

さながら、小さな太陽が近くに出現したかのようだ。

「……っ！」

彼女はそのまま近くの電柱に近づくと、一閃《いっせん》。

――ストン。

コンクリートと鉄筋でできた頑丈《がんじょう》な柱が、大根のように軽々と断ち切られる。

一切の抵抗を感じさせないその滑らかな動きは、芸術的ですらあった。

なかなか見ることのない上級討伐者の実力に、赤井たちは目を見張る。

「やれないと思う？」

「……いえ、疑ってすいませんでした！」

「わかればいいのよ」

そう言うと、剣を鞘に納める紗由。

彼女は周囲の住宅街を見渡すと、楽しげに笑みを浮かべる。

しかしここで、調査に一段落つけた男がやれやれと呆れたように呟いた。

「電柱の修理代金、今度の報酬《ほうしゅう》から引いておくからな」

「あっ」

しまったとばかりに口元を押さえる紗由。

彼女は転がっていた電柱を持ち上げると、どうにかこうにか断面の上に乗せようとする。

「無理なもんは無理だからな」

「……ああ、もう最悪！　どこの誰だか知らないけど、許さないわ！」

「自業自得だな。お前は腕はいいが、精神面が未熟すぎる」

「あああ〜〜〜!!」

自身が招いた行為にもかかわらず、勝手に怒り始める紗由。

一方、そんなことなど知らない天人は呑気に寝ていた。

まだ顔も知らない二人の運命が交わるのは、これからもう少し先のことである——。

第二話　詩条カンパニー

「ここがナイトゴーンズか……」

アパートの近くの駅から電車に乗って三十分。

俺《おれ》たちの住む市の郊外《こうがい》に、日本でも有数のカンパニー『ナイトゴーンズ』の拠点《きょてん》はある。

カンパニーというのは、ダンジョンの攻略とモンスター討伐《とうばつ》を専門に請《う》け負《お》う企業のこと。

今から三十年前、東京《とうきょう》が壊滅《かいめつ》して政府機能が一時的に麻痺《まひ》してしまっていた時期に、身動きの取れなくなった警察や自衛隊に代わって活躍した自警団がその前身といわれる。

現在、ダンジョン攻略とモンスターの討伐を認められるのは政府関連を除いてはカンパニーに所属する者たちのみ。

討伐者として生計を立てたいならば、カンパニーへ入ることは避《さ》けられない。

そしてカンパニーにも大手から中小零細《れいさい》まであり、やはり大手ほど待遇は良いとされている。

……まあそういうことで、俺はこの街で最大手のナイトゴーンズへ来たというわけだ。

「流石《さすが》にデカいな」

ナイトゴーンズの本拠地《ほんきょち》は、巨大な工場のような施設《しせつ》であった。

討伐者たちの使う訓練場なども併設《へいせつ》しているようで、奥には広々としたグラウンドが見える。

さらにその周囲は高い壁で囲まれていて、人によっては刑務所《けいむしょ》や軍事基地か何かにも見えるかもしれない。

大手といっても、所属する討伐者の総数はせいぜい二百名ほど。

それでこれだけ立派な施設を維持《いじ》しているなんて、やはり討伐者の生み出す利益は半端《はんぱ》ではないな。

「……きみ、何しに来たんだい？」

「はい、面接を受けに来ました！」

門の前で立ち止まっていると、守衛《しゅえい》さんに声を掛けられてしまった。

俺は軽くお辞儀《じぎ》をすると、面接を受けに来たことを説明する。

一般に、カンパニーは討伐者候補となる人材を一年中募集している。

ナイトゴーンズも例外ではなく、採用募集のチラシやネット広告をたくさん出していた。

「面接ねえ……。えっと、きみいくつ？」

「今年で十八歳です」

「ううーん……」

俺がそう言った途端《とたん》、守衛さんは渋《しぶ》い顔をした。

いかにも帰ってほしそうな様子の彼に、俺はすぐさま理由を尋《たず》ねる。

「もしかして、二十歳未満はダメとか？」

「違う違う、遅いんだよ」

「あっ」

守衛さんに言われて、俺はたまらずハッとした。

どうしてこんなことを今の今まで忘れていたのだろうか。

イデアは十五歳までには発現するものである。

ならば、討伐者になろうと行動を起こすのも基本的に十五歳までだろう。

この業界で十八歳の新人なんて、ほぼほぼあり得ないのだ。

特にナイトゴーンズほどの大手となれば、子どもの頃から所属して鍛錬に励《はげ》むのが普通だろう。

前世の冒険者でもこの辺は変わらなかったというのに、完全に失念していた。

「年齢制限は一応ないってことになってるけど……。無理だろうねえ」

「何とかなりませんか？」

「あー、俺にはそういう権限《けんげん》ないから。この番号から人事に問い合わせてよ」

そう言うと、気のない動作でチラシをよこす守衛さん。

俺はそれを受け取ると、軽く頭を下げてその場を後にした。

そしてすぐさま電話をするが、当然のように「申し訳ありませんが」と断られてしまう。

今まで耳にタコができるほど聞いてきた決まり文句だった。

……まさか、この期《ご》に及んでこれを聞くとは。

「参ったな。これじゃ、また振り出しじゃないか」

せっかく前世の記憶を取り戻し、魔法を使えるようになったというのに。

これでは就職で苦しんでいた昨日までと全く変わってないじゃないか。

俺はがっくりと肩を落とすが、凹《へこ》んでばかりもいられない。

とにかく、十八歳でも受けられるカンパニーを探さなくては。

何といっても、これから先の飯が懸かっている。

「よっし、採用目指して頑張《がんば》るぞ!!」

気を取り直した俺は、スマホを取り出してそのまま別のカンパニーへと向かうのだった。


——○●○——


「ああ〜〜!! どこもかしこも年齢制限きつすぎだろ!!」

ナイトゴーンズの拠点を出て数時間。

人通りのない道路の真ん中で、俺は叫んでいた。

アマテラス、神崎《かんざき》工業、未来産業、セントラルハーツ……。

この辺りに拠点を構えているカンパニーはほぼすべて巡《めぐ》ったが、色よい返事は得られなかった。

えーっと、あと残されているのはどこかあるかな？

地図アプリで検索を掛けるとすぐに『詩条《しじょう》カンパニー』という文字が出てくる。

お、ここから一キロぐらいで行ける場所にあるじゃん！

しかし……。

「げっ！　☆1ってなんだよ」

地図アプリに掲載されているレビュー。

基本的に、☆4以上がほとんどの中で詩条カンパニーは驚異の☆1だった。

しかも、口コミとして「仕事がとにかく遅い」だの「受付の対応が最悪」だの書かれている。

極めつきに「社長が墨《すみ》を入れている」とか何だかヤバそうなことまで……。

所詮はネットの評判とはいえここまで書かれているところは流石に怖いな。

行ったら最後、黒服の怖いお兄さんたちとか出てきそうだ。

「ま、まあ最悪でも逃げるぐらいはできるか……」

俺が前世で修《おさ》めた魔法の中には、目くらましの光魔法や俊敏性《しゅんびんせい》を高める風魔法などもある。

ドラゴンの巣に突撃したことを思えば、怖い人たちの拠点ぐらい何とかなるはずだ。

うん、大丈夫大丈夫……。

俺は頬《ほお》をペシッと叩くと、気合を入れて詩条カンパニーのある場所へと向かう。
こうして、歩くこと十数分。
町工場が林立する街はずれの工場地帯。
その一角に溶け込むように、詩条カンパニーの拠点は存在した。
年季の入ったトタン張りの外観は、カンパニーというよりは町工場そのものだ。
さらにその壁には、スプレーで大きな落書きがされている。
「うわ……なかなか強烈だな……！」
これまで訪れたカンパニーは、どこも清掃の行き届いた小綺麗《こぎれい》な外観をしていた。
それだけに、詩条カンパニーの建物がより恐ろしく見えてくる。
扉を開いたら、途端にガラの悪いお兄さんたちに絡《から》まれそうだな。
俺は前世の酒場での経験を思い出しながら、恐る恐る扉を開いた。
すると――。
「あ、いらっしゃいませ!!」
人懐《ひとなつ》っこい笑顔を浮かべた、子犬のような少女がちょこんとデスクに座っていた。
驚《おどろ》いた俺は、すぐさま周囲を見渡す。
落書きだらけの荒れた外観に反して、事務所の中は小綺麗で落ち着いた雰囲気《ふんいき》だった。
ところどころに可愛《かわい》らしい雑貨が置かれていて、どこか女性的なセンスも感じる。

とてもとても、昭和の町工場みたいな建物の中とは思えない。

「えっと……。ここ、詩条カンパニーで合ってます？」

「はい、合ってますよ！　いったい何の御用《ごよう》でしょう？」

少女が満面の笑みを浮かべながらこちらに近づいて来た。

……この子、未成年じゃないのか？

目鼻立ちのはっきりした顔にはまだ幼《おさな》さが残っていて、声もかなり高い。

見たところ、せいぜい十代半ばといったところだろうか？

職員さんの子どもかな？

「あの、他に職員の方はいないんですか？」

「御用は私が承《うけたまわ》りますよ！」

「いや、そうじゃなくて……。責任者の方とかは……」

「あ、こう見えてもですね。私が社長なのです！」

「社長!?」

予想外の言葉に、俺は思わず少女の全身をじっくりと見てしまった。

すると彼女は、フンスッと鼻を鳴らして言う。

「あんまりじろじろ見るのは、マナー違反なのですよ！」

「す、すいません！」

「あはは、気にしてないのですよー。はいどうぞ」

そう言うと、少女は懐《ふところ》から名刺を差し出してきた。

そこには『詩条カンパニー代表取締役　詩条鏡花《しじょうきょうか》』と記されている。

どうやら本当に、彼女がこのカンパニーの社長さんらしい。

「その若さで社長さん……！　すごい方だったんですね！」

「ええ、まあ。こんな小さな会社ですけど」

「……社長、お願いします！　俺を雇《やと》ってください！」

カンパニーの社長と出会えるなんて、今の俺にとってはこれ以上ないチャンスだった。

すかさず深々と頭を下げた俺に、鏡花さんは戸惑《とまど》ったように目を丸くする。

「ええっと、入社希望ということですか？」

「はい！」

「イデアは覚醒《かくせい》していますか？」

「もちろんです！」

俺がそう言うと、鏡花さんは大きく息を吸い込んだ。

——沈黙《ちんもく》。

そのまま黙《だま》ってしまった彼女は、やがて目にうっすらと涙を浮かべる。

そ、そそそんなに⁉

彼女のあまりにも大袈裟《おおげさ》な反応に、俺は内心で戸惑ってしまった。

すると――。

「たずがります～～～!!!!」

手を広げ、ぎゅっと抱き着いてくる鏡花さん。

こ、こういう場合はどうすればいいんだ!?

相手は社長だし、振り払うのも失礼だよな。

かといって、こちらから抱きしめ返すのも失礼な気がするし。

というか鏡花さん、幼い顔立ちと小柄な体格に反して意外と……！

身体が反応してしまいそう……!!

「……あ、失礼しました！　嬉しくってつい！」

「いえ、全然平気です！　むしろ、いいんですか？」

「何がでしょう？」

「年齢制限とか、ないんです？」

「弊社《へいしゃ》にそんなものはありません！　おじいちゃんでもウェルカムです！」

どーんと胸を叩く鏡花さん。

……いや、それはウェルカムしていいのかな？

冷静に突っ込みたくなる俺をよそに、鏡花さんはフワフワとした足取りで部屋の奥のドアに

向かう。

「一応、最低限の入社試験だけ受けてもらいます。こちらへどうぞ」

「はい！」

「緊張《きんちょう》なさらずに。基本的に、イデアに覚醒していれば簡単にクリアできるものですから」

鏡花さんに促《うなが》されてドアを開けると、そこは広々とした作業場のようなスペースとなっていた。

やはりこの建物は、もともと町工場か何かだったらしい。

床はコンクリート打ちっぱなしで、壁は工場特有の波打つスレート。

奥の方には錆びついた機械が置かれている。

そしてその手前には、何やら妙な装置が設置されていた。

金属でできた四角い大きな土台に、車の衝突実験で使うようなマネキンが固定されている。

「これに思いっきり攻撃してください！　それで数値が１００を超えれば合格です！」

そういうと、鏡花さんは台座につけられた液晶を指さした。

なるほど、これは分かりやすい。

俺は大きく伸びをしながら、改めて鏡花さんに確認を取る。

「攻撃って、何でもいいんですか？」

「はい。あ、もし攻撃系のイデアでない場合は言ってください。その場合は別の方法を取りますので」

「大丈夫です。……よし」

最低限のテストと言っていたので、そこまで凄《すさ》まじい攻撃を与える必要はないだろう。

けど、基準値を下回って入社できないとなったら鏡花さんがっかりしそうだな……。

俺が入社したいと言った時のあの喜びよう、人の確保にかなり困っていそうだし。

というか、そもそもネット上のあの悪評の嵐は何なのだろう？

社長さんの人柄はどう見てもそんなに問題があるようには見えないけど。

「あの、社長。テストを受ける前に確認なんですけど」

「なんでしょう？」

「その……この会社の口コミとかかなり荒れてるみたいですけど何かあったんですか？」

俺がそう尋ねた途端、鏡花さんはそれまでの明るい様子が嘘《うそ》のように顔を曇《くも》らせた。

彼女はしょんぼりと肩をすくめると、ぼそぼそと小さな声で語る。

「ああ、それはですね……。嫌がらせをされてるんです」

「何かトラブルでもあったんですか？」

「そういうわけじゃないんですが……。うちの権利を手放してほしい人がいるのです」

「権利？」

「はい。カンパニーって現在では新設がほとんど認められていないのですよ。なのでカンパニーを始めたい人は、既存のカンパニーの営業権を買うしかないんです」

うーむ、典型的な規制産業だな。

このダンジョン中心の時代、カンパニーがもたらす利益は半端なものではない。

規模の小さい詩条カンパニーを弱らせて、権利を奪《うば》い取ろうって魂胆《こんたん》か。

こういうのは本当にどこの世界でも変わらないなぁ。

「なるほど。それで、会社を手放すようにいろいろやられていると」

「はい。うちは特に後《うし》ろ盾《だて》もないので狙《ねら》われちゃって……。あ、でも安心してください！

いざとなれば私が皆さんを守りますから！」

そう言って笑う鏡花さんだが、その表情からはあまり覇気《はき》が感じられなかった。

強がっていても、やはり先行きが不安なのだろう。

よし、ここはちょっぴり頑張ってみますか。

やり過ぎない程度に優秀さを見せて、少しでも安心してもらおう。

「……なら俺も、いいところを見せないと。このマネキンって、けっこう頑丈《がんじょう》ですか？」

「んん？　もしかして、壊《こわ》れることを心配してます？」

「ええ、まあ」

「なら安心してください。このマネキンは特殊なチタン複合材でできてますから、ちょっとや
そっとのことではビクともしませんよ」

よほど自信があるのか、大きく胸を張った鏡花さん。
そういうことなら、俺も安心して魔法を使わせてもらおう。
俺はそっと手を前に突き出すと、魔力を一点に集中させる。
薄暗い中に、たちまちぼんやりと赤い光が灯《とも》った。
そして――。
「フレアボム」
手のひらから放たれる炎の弾丸。
マネキンの胸に着弾したそれは、たちまち大爆発を起こした。
……おお、言うだけあってなかなか硬いな。
上半身をぶっ飛ばすつもりでやったが、意外にもきちんと原型が残っていた。
黒焦げになって、さらに胸に大穴が開いているがまだきちんと人型だと認識できる。
こりゃ、ヴェノリンドの中級モンスターより頑丈かも。
しかし――。
「…………う、うそぉ⁉」
液晶に表示された658の文字。
それを見て、鏡花さんはひっくり返ってしまった。
「……あれでやり過ぎだったのか？」

慌《あわ》てふためく鏡花さんを見て、俺もちょっとばかり動揺《どうよう》する。

マネキンに大穴を開けたぐらいで、そこまで騒《さわ》ぐほどのことか？

確かに少し気合を入れたけど、あんなの魔法学校の学生でも使える魔法だぞ？

俺が不思議に思っていると、やがて近づいてきた鏡花さんが捲《まく》し立てるように言う。

「すっごいですねえ……！　ここまで破壊に特化したイデアは初めて見ました！」

「そうですか？　討伐者ならこれぐらいできそうですけど」

「いいえ！　さっきも言いましたが、このマネキンはかなり特殊な素材でできているのですよ。ちょっとやそっとで壊れるようなものではないのです！」

「へ、へえ……そうなんですねえ。ま、まあ俺のは破壊特化なので」

後頭部を掻《か》きながら、誤魔化《ごまか》しを図る俺。

破壊に特化しているなんて、実のところはまったくの嘘である。

賢者の記憶を宿している俺は、千以上に及ぶ多種多様な魔法を自在に使いこなすことができた。

……が、そんなこと言ったらいよいよただじゃ済まなそうだ。

まあ、ヴェノリンド基準でもそこまで使える人間は多くないしな。

「それで、合格ということでいいですか？」

「もちろん！　こんな結果を出した方は、前代未聞です！」

「この装置はうち以外でも使われてるんですが、新人さんだと最高で200っていわれてるんです！」

「へ、へぇ……」

単純に考えて、最高記録の三倍以上ってことか……。

そりゃびっくりもするし、これだけの反応にもなるわなぁ。

むしろ、化け物扱いされなかっただけマシってところか。

……ひょっとすると、思った以上に討伐者というのは弱いのか？

「ま、まあたまたまですよ。今日は本当に調子よかったんで」

「たまたまでも十分です！　さあ、試験も合格したことですし手続きしましょう！」

早く早くとばかりに、俺を急《せ》かせる鏡花さん。

今日、この場で採用を決めてしまうつもりらしい。

こうして事務所へと戻ると、彼女はすぐにタブレットを取り出してくる。

「履歴書は持ってきてますか？」

「はい、どうぞ」

「あと、ナンバーカードもよろしくです」

さっそくナンバーカードで身分照会を済ませると、履歴書の確認をし始める鏡花さん。

すると資格欄のところで、表情が少し変わる。

「爆発物取扱免許をお持ちなんですね、珍しいのですよ」

「前にバイト先で取得したんです。ダンジョンでも使うんですか？」

「通路を開くのに爆薬を使用することもあるので。あと携帯《けいたい》火器免許もあると便利なのですが、あなたの場合は攻撃型イデアなのでたぶん大丈夫なのです！」

へえ、討伐者もそういうの使うんだなぁ。

俺が感心していると、履歴書のチェックを終えた鏡花さんが微笑《ほほえ》む。

「特に問題なさそうですね！　では、こちらが契約書です。よく読んでからサインしてください」

「はい！」

液晶に表示された『討伐者雇用契約書』という文字。

それを見て、自然と気が引き締まる。

おぉ、これにサインをすれば俺もいよいよ討伐者ってわけか……！

さっそく、条件など隅々《すみずみ》にまで目を通していく。

鏡花さんが悪い人だとは思わないが、こういうのはきちんと見ておかないと。

どこか齟齬《そご》があったら、あとから修正できないからな。

今の時代、詐欺《さぎ》なんて洒落《しゃれ》にならないぐらい多い。

「うちの場合、新人さんの基本給は十五万円。それに歩合《ぶあい》が乗っかります。これはダンジョンから持ち帰った素材の売却益《ばいきゃくえき》やモンスター討伐の報奨金《ほうしょうきん》などですね。うちと討伐者さんで、三対七で分けることになってます」

「なるほど。それだと、十五万円は最低保証ってことですかね？」

「ええ、そんな感じです！　万が一、ケガや病気になってもそれだけは入ると思っていただければ」

「……ちなみに、その歩合の方って稼《かせ》ぐ人はどのぐらい稼ぐんです？」

ゴクリと息を呑《の》みながら、恐る恐る尋ねる。

何といっても、どれだけ稼げるかはもっとも重要なポイントだ。

稼げると有名な討伐者なだけに、中小でも一千万プレイヤーとかいたりするんだろうか？

できれば五百万以上稼げると那美《なみ》の学費を出しつつ、ゆとりのある暮らしができるのだが。

本当なら那美のために、ある程度セキュリティの行き届いた物件で暮らしたいんだよな。

「そうですねえ、うちはやっぱり中小なのでどうしても……。三百ってとこですね」

「三百ですか。うーん……」

十五万円が十二か月分で百八十万円。

それに三百万を足して、年収四百八十万円か……。

会社の外観を見てうすうす察《さっ》してはいたけれど、稼ぐ人で五百万を切ってるのはちと厳《きび》しい。

新人だったら、歩合と基本給で合わせて三百万ぐらいになるのではなかろうか。

しかしまぁ、就職先がないのと比べればはるかにマシか。

俺が頑張ればもっともっと稼げるかもしれないし。

「あはは……。やっぱり、討伐者になるからには億狙いたいですよねえ。実際、大手の上位層ならそのぐらいいく人もいますし……」

渋い顔をしている俺を見て、鏡花さんが苦笑しながら言う。

……んん、何だかちょっとズレている気がする。

一千万ならともかく、どうして億なんて数字が出てきたんだろう？

「もしかしてですけど、その歩合って……月に三百って意味ですか？」

「え？　まさか年だと思いました？　やだな、いくら零細でもそんなわけないじゃないですか」

冗談はよしてほしいとばかりに、鏡花さんは噴《ふ》き出してしまった。

えーっとつまり、稼ぐ人は基本給十五万にプラスして歩合が月三百万。

年間にすると、三千七百八十万円ももらえるってことなのか……⁉

うっそだろ、今の平均年収の十倍以上あるぞ！

討伐者が勝ち組だってのは知ってたけど、そんなに儲《もう》かるのかよ！

これであんな申し訳なさそうな顔って、これが稼げる業界の金銭感覚なのか……⁉

「す、すげえ……‼‼」

「うちなんてまだまだですけどね」

「すぐに入社させてください！　というか、すぐに働かせてください!!」

「わ、わわっ!?」

思わず、鏡花さんの手を取って握《にぎ》ってしまった。

彼女は俺の勢いに圧倒されながらも、ぶんぶんと首を縦に振る。

「わかりました！　では最後に、これにサインを」

そう言うと、鏡花さんは自身のデスクから紙の書類を取り出してきた。

他が全部電子書類なのにどうしてこれだけ紙なのだろう？

俺はそんな疑問を抱くが、書面を見てすぐに理解する。

上部に大きく『誓約書《せいやくしょ》』と記されていた。

「職務中に死亡、または後遺症《こういしょう》を伴《ともな》うケガが発生する可能性があります……ですか」

「……はい。年間に三百名以上の討伐者がお亡くなりになっています」

先ほどまでとは打って変わって、鏡花さんは重々しい口調でそう告げた。

ひょっとすると、彼女の身の回りにも命を落とした人がいるのかもしれない。

その目は静かな哀《かな》しみを湛《たた》えていて、討伐者という仕事の負の側面を何より雄弁に物語っている。

「討伐者という仕事は恵まれた面も多いです。ですが同時に、大変なリスクを伴います。今ならまだ引き返せるのですよ。それでも、なりますか？」

「………この時代、リスクを取らないと奪われるだけですよ」

今の時代、リスクなしの成功などあり得ない。

このままずっと、死んだように誰かに搾取《さくしゅ》されながら生き続けるぐらいなら……俺は危険を冒《おか》そう。

幸いなことに、前世で冒険者をしていた経験もあるしな。

命がけで戦うのは、これが初めてではない。

渡されたペンを受け取ると、俺はためらうことなくゆっくりとサインをした。

……これでよし。

討伐者・桜坂天人《さくらざかあまひと》の誕生である。

「確かに預かりました。ようこそ、詩条カンパニーへ！」

誓約書を小さな金庫にしまうと、すぐに晴れやかな笑みを浮かべる鏡花さん。

こうして俺は討伐者としての第一歩を踏み出すのだった。

第三話　初めてのダンジョン

「これが機動服ですか。だいぶ重いですね」

翌日の朝。

さっそくカンパニーへと出勤《しゅっきん》した俺《おれ》は、鏡花《きょうか》さんから制服代わりの機動服を支給されていた。

昨日のうちに、俺に合うサイズのものを出しておいてもらったのである。

ゴムに似た質感をしたそれを受け取ると、水でも入っているようなずっしりとした重量感がある。

「三層構造になっていて間に衝撃吸収材《しょうげききゅうしゅうざい》が入ってますから。銃弾《じゅうだん》だって防ぐ優《すぐ》れものですよ」

「へえ、そりゃスゴイ」

「電気刺激で筋力を大幅に底上げする機能もついてるのです。あとは、温度調整機能に酸素供給機能、緊急時《きんきゅうじ》の人工呼吸機能も……」

あれこれと機能の説明をする鏡花さん。

まさに至れり尽くせりといった高機能ぶりである。

けれど、これだけのものとなると相当にお高いのでは……？

そんな通販のようなフレーズを思い浮かべると、鏡花さんがそれを察《さっ》したように言う。

「ちなみに、一着五百万円するのでできるだけ壊《こわ》さないようにしてくださいね」

「五百万っ⁉」

「はい、なので気を付けるのです」

ヤバい、ちょっと手が震えてきてしまった。

一着五百万円の服なんて、この先も着ることなさそうだよなぁ。

ハイブランドの服だってここまで高い物はそうそうないだろう。

こうして俺が緊張《きんちょう》していると、鏡花さんがふふふっと笑う。

「そんなに緊張しなくてもいいのですよ、あくまで常識の範囲内で気を付けていれば大丈夫なので」

「は、はい」

「着替えは奥に更衣室があるのでそちらで。終わったら声をかけてくださいなのです」

こうして更衣室に入った俺は、鏡花さんを待たせまいとさっさと機動服に袖《そで》を通した。

そしてファスナーを上げると、袖にあるスイッチを押す。

たちまち空気が抜けて、服が全身にぴったりと密着した。

流石《さすが》は五百万の服、着心地は半端《はんぱ》なく良いな。

伸縮性《しんしゅくせい》があって、これならばどんなに動いても邪魔《じゃま》になることはないだろう。

筋力強化機能もばっちり働いているらしく、普段よりも明らかに身体が軽い。

「あとは……付与《ふよ》しとくか」

これから長く使うものだろうし、高いものだから簡単に破れてもらっては困る。

俺は胸元に指を当てると、魔力を込めながら古代文字を描いた。

前世の俺が得意としていた付与魔法である。

付与魔法は文字を刻めば刻むほど有効だが、とりあえず三文字ぐらいにしておこうか。

これで、この服の防御性能はますます上がったことだろう。

たぶんドラゴンに踏《ふ》まれても死なないんじゃないかな。

「社長、着替え終わりました」

「そうですか、じゃあこちらへ」

更衣室を出ると、いつの間にか事務所に人が増えていた。

機動服を着た二十代前半ほどに見える女性である。

キリリとした印象の美人さんで、切れ長の目が涼《すず》やかだ。

長い髪を後ろで束ねていて、どことなく仕事のできそうな雰囲気《ふんいき》を纏《まと》っている。

「初めまして。私は黒月七夜《くろつきななよ》」

それだけ言うと、黒月さんは浅くお辞儀《じぎ》をした。

すかさず、鏡花さんが笑いながらフォローを入れる。

「黒月さんはですね、うちでトップクラスに優秀な討伐者さんなのです！　しばらくは彼女と一緒に研修を受けてもらいます！」

「わかりました。よろしくお願いします、黒月先輩！」

「……七夜でいい」

どこか照れたような小声で告げる黒月さん改め七夜さん。

この人、けっこう人見知りをするタイプなのかな？

「今日は桜町《さくらまち》管理ダンジョンに行く。ついてきて」

「はい！」

「いってらっしゃいです！」

ぶんぶんと手を振る鏡花さん。

俺は軽くお辞儀を返すと、七夜さんと一緒に事務所を出た。

すると会社前の駐車スペースに、大きなホバーバイクが止まっている。

うわー、めちゃくちゃカッコいいな!!

黒を基調としたメタリックなデザインが、男心をくすぐってくる。

……これもしかして、七夜さんの持ち物なのだろうか？

そう思っていると、案《あん》の定《じょう》、彼女は颯爽《さっそう》とコックピットを思わせる座席に乗り込んだ。

「乗って」

七夜さんに促《うなが》され、彼女の身体にしがみつくようにして座席に乗り込む。

たちまち、モーター独特のスウゥッと低い駆動音が響いた。

前輪と後輪の代わりに備えられた巨大な下向きのファンが動き出し、風と共に車体が浮かび上がる。

そしてそのまま、道路の上を滑《すべ》るように走り出した。

「しっかりつかまって」

「はい！」

こうして俺は七夜さんと共に、初のダンジョンへと向かうのだった——。


——○●○——


「ついた」

「ここですか？」

ホバーバイクで街を疾走《しっそう》すること二十分ほど。

俺たちはビルに囲まれた公園のような空き地へとたどり着いた。

その奥には、現代的な街並みには不釣り合いな石造りの門が立っている。

……あれが桜町管理ダンジョンの入り口か。

その門を取り囲むように白い柱のような装置が置かれていて、ぼんやりと光を放っている。

さらにその隣《となり》には測候所《そっこうじょ》のような簡素な建物があって、レーダーのような機械が設置されていた。

ファンタジーな石造りの門と現代的な機械設備の対比が、まるで世界間の対立でも表しているようだ。

「……すごいですね」

「初めての人はみんなそう言う」

白い柱に囲まれた円形の領域。

そこに入ると、たちまち濃密な魔力が全身を包んだ。

この濃度を、まさか魔法とは縁遠《えんどお》い日本で感じるとは思わなかったな。

あの柱のような装置は、魔力を遮断《しゃだん》する働きがあるのだろうか？

日本で魔力の研究が行われているなんて聞いたことないけど、なかなか興味深い。

「……緊張してる？」

「ああ、いえ！　平気です！」

初仕事を前に緊張していると思ったのだろう。

優しく声をかけてくれる七夜さんに、俺は慌《あわ》てて首を横に振った。

言葉遣《づか》いはそっけないが、根はとてもいい人なのだろう。

彼女は背中のバックパックに手を伸ばすと、ひょいっとペットボトルを投げてくる。

「スポーツドリンク。ダンジョン探索の必需品《ひつじゅひん》」

「あ、ありがとうございます」

「次からは自分で持ってくるといい」

そう告げると、門に向かって歩みを進める七夜さん。

それに合わせるように、石の扉が重々しく開き始めた。

この扉、人間が近づくと勝手に開く仕組みになっているのか。

扉の向こうでは黒いもやのようなものが渦を巻いていて、見通すことはできない。

あれは……実体化した魔力か？

この場に漂《ただよ》う魔力は、どうやら門の向こうから流れてきているようだ。

「新人君は、ダンジョンがどんな場所か知ってる？」

「ええっと別の宇宙と重なるポイントでしたっけ？　ダンジョンの中はここととは違う世界だとか」

「その通り、地球とは異なる文字通りの別世界。正式には特異点形成領域っていう」

「……何かカッコいいですね」

「ええ」

無表情のまま、さらりと頷《うなず》く七夜さん。

しかし、その目の奥にはどこか子どものような純粋な輝きがあった。

七夜さんって、クールだけどそういうの好きなタイプなのかも。

俺も前世で開発した魔法に長い長い正式名称とか付けちゃったことがあるので気持ちはちょっとわかる。

……長すぎるから別のにしてくれと魔法協会の人に言われて、泣く泣く変えたけど。

「桜町は整備の行き届いた管理ダンジョン。けれど、モンスターはいる。やつらと戦う上で何が一番大事か知ってる？」

「恐れず近づくこと、ですよね」

俺の返答に、満足げに頷く七夜さん。

モンスターはこの世界の存在ではない。

そのため、ありとあらゆる攻撃をすり抜ける性質が備わっている。

東京《とうきょう》にダンジョンが出現した際、自衛隊《じえいたい》や在日米軍が敗走した原因がこれだ。

遠距離からのミサイル攻撃や航空爆撃《こうくうばくげき》のほぼすべてが無効化されたのである。

しかし、この特異な性質は人間がモンスターを近距離で視《み》ることで阻害《そがい》される。

この現象は自衛隊のある小隊が撤退《てったい》に失敗し、孤立《こりつ》した際に偶然発見された。

科学的には、量子力学《りょうしりきがく》における観測者効果《かんそくしゃこうか》だとかいろいろ推測《すいそく》されているが……。

……ぶっちゃけこの辺りのことは、俺もよく知らない。

確かなのは、モンスターは人が近づいて視ることで攻撃が可能となること。

これによってレーダーと重火器を用いた現代的な遠距離戦ではなく、討伐者による近距離戦闘がモンスター討伐の主流となったわけだ。

「人に近づくほどモンスターは弱くなる。けど、当然反撃もあるから注意」

「はい！」

「じゃあ行くよ」

門の中へと飛び込んでいく七夜さん。

彼女に続いて、俺もまた一歩踏み出した。

途端《とたん》に視界が暗転し、クラっとめまいのような感覚がする。

そして次の瞬間——。

「……ここは、マジか？」

俺の目に飛び込んできたのは、まったく予想だにしない風景だった。

「なんでヴェノリンドの風景がここに？」

門をくぐった先に広がっていたのは、広大な草原だった。

しかも、その向こうに聳《そび》える雲に覆われた峰々に俺ははっきりと見覚えがある。

——スモークマウンテン。

前世の俺が暮らしていた異世界ヴェノリンドの霊峰《れいほう》である。

龍脈《りゅうみゃく》の集まる地として有名で、前世の俺もここで半年ほど修業したことがあった。

そのため、他の山とはまず間違えようがない。

「……どうしたの？」

「いや、その……。ダンジョンってもっと狭いとこイメージしてて。意外だなーって」

「広いのは見かけだけ。実際は、ある程度進むと見えない壁がある」

なるほど、あくまでここはダンジョンであってヴェノリンドではないってことか。

しかし、いったいどうして実在する場所とそっくりなのだろう？

もしかして、日本とヴェノリンドには何かしら繋《つな》がりでもあるのだろうか？

少なくとも俺はそんなこと知らないんだけどなぁ……。

仮にも賢者を名乗っていただけに、知識量には自信があったのだけども。

異世界との繋がりなんて興味深い話、前世の俺なら絶対に食いついていたはずだし。

「出た」

そうこうしているうちに、草陰から大きな野犬が飛び出してきた。

む、こいつはヴェノリンドでは見ないモンスターだな。

色素が抜けたような灰色の毛並みで、その手足はひどく痩《や》せている。

しかし、その鈍《にぶ》く光る眼からは強い殺気が感じられた。

「グレーハウンド。体力はないけど、動きが早いから注意」

「見た目通りですね」

すぐさま手のひらに魔力を集め、魔法の準備をする。

周囲が草原だから、ここは燃え広がらないように風魔法がいいだろう。

とっさにそう判断すると、すぐさま呪文を紡《つむ》ぐ。

「ウィンドショット！」

風が唸《うな》り、弾となって放たれる。

それにやや遅れて、ボンッと鈍い炸裂音《さくれつおん》が響いた。

風の塊《かたまり》がたちまち痩せた腹を打ち据え、風穴《かざあな》を開ける。

「キャウウゥン⁉」

モンスターらしからぬ情けない悲鳴。

それを響かせたのち、グレーハウンドはそのまま動かなくなってしまった。

下級魔法で一発か、強さはそれほどでもないようだな。

ヴェノリンド基準でも、大したことはないだろう。

「……驚《おどろ》いた」

一方、俺の狩りを見守っていた七夜さんは心底驚いたようだった。

彼女はすぐさま俺に近づいてくると、穴の開いたハウンドの死骸《しがい》と俺の手を見比べる。

「初心者で一撃は初めて見る」

「あはは……威力《いりょく》だけはすごいんですよ」

感心するのを通り越して、どこか訝《いぶか》しげな表情をしている七夜さん。

ウィンドショットなんて向こうじゃ下級の風魔法だけど、地球だと結構すごいのか。

なかなか、ちょうどいい威力の調整が難しいな。

「……あの、七夜先輩の戦い方を見せてもらってもいいですか？」

「わかった」

軽く頷くと、七夜さんは気合を入れるように手をポキポキと鳴らした。

……そういえば彼女、武器らしいものを何も持っていないな。

まさか、素手で戦うつもりなのだろうか？

俺が少し驚いていると、草陰からグルルと低い唸り声が聞こえてくる。

恐らくは、さっきのハウンドの仲間だろう。

俺たちを警戒して、飢《う》えた獣《けもの》にしては慎重に様子をうかがっているようだ。

「三頭いますね」

「わかるの？」

「え、ええ。まあ」

「そう」

頷くと同時に、群れに向かって踏み込む七夜さん。

――ズシッ！

地面から異様な足音が聞こえる。

それはさながら、巨人が動いたかのような重々しい音だった。

それと同時に雪のようだった七夜さんの肌が銀色の光沢を帯びる。

「鉄の処女《アイアンメイデン》」

微《かす》かに震えた唇《くちびる》が、イデアの名前らしきものを告げる。

それと同時にハウンドたちが一斉に飛び掛かり、七夜さんの身体へと殺到した。

小癪《こしゃく》なことに機動服に守られていない首から上を狙《ねら》っている。

——さあ、どうする⁉

俺は固唾《かたず》をのんで見守るが、七夜さんは不思議なほどに動かない。

このままじゃ、あっという間にハウンドの爪が顔に——あれ？

「なんだ⁉」

ハウンドの爪が七夜さんの頬《ほお》に当たった瞬間、キィンッと耳障りな金属音が響いた。

同時に火花が飛び散り、爪があっけないほど簡単に砕《くだ》け散る。

いったい、何がどうなっているんだ？

まさか先輩も付与魔法が使えたりするのか？

俺が呆気《あっけ》にとられる一方、七夜さんは冷静に素手でハウンドの頭を叩き潰《つぶ》す。

——ゴスンッ‼

およそ女性の細腕には似つかわしくない威力の拳《こぶし》は、たちまちハウンドの身体を大地に叩

きつけた。

「……これが私の戦い方」

ものの数十秒で、ハウンドの群れは壊滅《かいめつ》した。

七夜さんは顔に攻撃が当たったというのに、かすり傷一つ負っていない。

これは一体、何の能力だ？

身体強化魔法の類に見えるけれど、いくら何でも身体を叩かれて金属音がするのは変だ。

「もしかして、身体が鋼になってました？」

「その通り、よく気付いた」

俺の返答に、満足げに頷く七夜さん。

彼女はそのまま自身の能力の詳細を教えてくれる。

「私のイデア、鋼の処女《アイアンメイデン》は全身を金属に変換することができる。これで攻撃力も防御力も大幅に上がるけど、体重もすごく重くなるから足場に注意が必要」

「へえ……」

なかなか面白い能力である。

攻撃にも防御にも応用が利きそうだ。

けど、時に現代兵器をも上回るとされる討伐者の力としてはいささか地味ではなかろうか？

そう思っていると、俺の内心を察したらしい七夜さんが少しむっとした顔をして言う。

「今、ちょっと弱いとか思った？」

「いやそんなことは……」

「わかってる。ちょっと来て」

こうして、ちょっとピリピリムードの七夜さんに連れられて俺は草原の端《はし》へと移動した。

なだらかな斜面となっているそこは、大きな岩が点在している。

七夜さんはそのうちの一つ、自動車ほどのサイズがあるそれに手を当てると余裕たっぷりに言う。

「ちょっと下がってて」

「え、まさか……」

驚いている俺を何歩か下がらせると、七夜さんは拳を腰に構えた。

そして深く息を吸い込むと――。

「はぁっ‼」

響き渡る轟音《ごうおん》。

それと同時に拳が岩肌にめり込み、たちまち無数の亀裂《きれつ》が入った。

やがて大岩はガラガラと音を立てて崩《くず》れ去っていく。

なかなかやるなぁ、上級魔法一歩手前ぐらいの威力は出てるんじゃないか？

いったいどういう原理なんだろう？

「これが十倍パンチ」

「どうやってるんですか？」

「拳が当たる瞬間に、腕全体を鉛《なまり》に変える。鉛の比重は人体のおよそ十倍だから、これで威力が十倍になる」

「おぉ……！」

とても賢い能力の使い方である。

攻撃力が十倍になるのは、魔法でもなかなか実現しづらいな。

というか、七夜さんのこの能力ならあのマネキンもぶっ壊せるんじゃないか？

たぶん、俺が使った魔法より威力は出てそうだ。

「これ、例のマネキンの数字だと千ぐらいいってません？」

「例のマネキン？」

「入社試験の時に使うやつです」

「たぶんいってる。でもこれは、能力をよく使い込んで壁を超えたから」

「壁？」

「そう。イデアは使い込んでいると急成長することがある。それを壁を超えたという」

へえ、イデアもなかなか奥が深いんだな。

七夜先輩のこの能力も、もっと使い込めばさらに成長したりするんだろうか？

金属だけじゃなくて、全身ダイヤモンドとかに変身できたら強そうだ。

……ちょっとギラギラしていそうで先輩のイメージには合わないけど。

「……ちなみにですけど、イデアを覚えたての状態でこの岩壊せたらどう思います？」

「そんな人いない」

「もしいたらですよ」

「たぶん、宇宙人か異世界人？」

軽く首を傾げながら、つぶやく七夜先輩。

うん、冗談のつもりだろうけどめっちゃいい線いってる。

前世が異世界人の俺は、たぶんこれ粉々《こなごな》にできるからな……。

こうして内心で俺が冷や汗を流しつつも、研修はつつがなく進むのだった。


――○●○――


「おぉ！　研修でこんなに魔石を持ってくるなんてすごいのですよ！」

その日の夕方。

カンパニーに帰り着いた俺たちは、さっそく本日の戦果を披露《ひろう》していた。

テーブルの上にジャラッと広がった魔石を見て、鏡花さんはたちまち目を丸くする。

今日一日で俺たちは、合計三十頭ほどのグレーハウンドを倒していた。

「全部、小サイズですけどね」

「でもこの数はすごいのです！　ちょっと待っててくださいね！」

鏡花さんは奥からはかりを持ってくると、さっそく魔石をその上に移動させた。

さらにレーザーポインターのようなもので光を当てると、その輝きをチェックする。

「この純度と重さだと……。天引き分を除いて、全部で七万三千円ですね」

「な、七万円⁉」

俺の全財産の倍以上の金額が、二人でとはいえたった一日で稼《かせ》げてしまった。

このペースで稼いだら、一か月で一体いくらになるんだ……⁉

歩合《ぶあい》で三百万を超える人もいると聞いていたが、この分なら本当にあり得そうな金額だ。

しかし、七夜さんの方は少し不満そうにしている。

「む、量の割にだいぶ安い」

「最近、小粒の魔石は流通が増えて相場が下がってるのですよ」

「わかった。じゃあ、新人君と私で半々に分けといて」

「あ、俺はもっと少なくていいですよ！　先輩のおかげですし！」

何だかんだいって、七夜さんの倒した分は俺よりも多かった。

効率のいい狩りの仕方なども、いろいろと時間を使って教えてもらっている。

それで七夜さんと俺の取り分が同じだったら、とてもじゃないがやってられないだろう。

本来なら彼女はもっと高ランクのダンジョンで魔石を稼いでいたはずだろうし。

しかし七夜さんは、ふるふると首を横に振る。

「半分ずつでいい。あんまり教えることもなかった」

「おや、そうなんです？」

「モンスター討伐の上手さもそうだけど、立ち回りも慣れてた」

そう言うと、何やら意味深な顔をして俺を見る七夜さん。

あー、前世で冒険者として生計を立てていた時期が長かったからなぁ……。

その頃の習慣とかが未だに染み付いてしまっていたらしい。

そら、初心者がいきなり熟練《じゅくれん》した様子だったらびっくりするよな。

「あはは……。俺、実は親が討伐者で」

これは嘘《うそ》ではない。

俺と那美の父親は討伐者をしていた。

それが事故で亡くなってしまったため、俺たち家族は苦しい思いをしてきたのである。

もっとも、父が亡くなったのは那美が生まれた直後で俺もほとんど覚えていないのだけど。

「それでいろいろ英才教育を受けたと」

「はい。事情があって、討伐者になろうとしたのはこの歳ですけど」

「なるほど、そうでしたか」

気にしても仕方ないと思ったのだろうか？

鏡花さんがあっさりとした口調でそう言うと、七夜さんもまた渋《しぶ》い顔をしながらも頷く。

こちらはあまり納得していないが、とりあえず社長に従っておくという雰囲気だ。

「……それより、桜坂《さくらざか》君の分はどうするのです？」

「どうするって、一か月分まとめて後で払われるんですよね？」

「それもできますが、今日の分をこの場で渡すこともできるのですよ」

どうやら、俺の生活にあまり余裕がないことを察して給料の歩合分を日払いしてくれるつもりらしい。

おぉ、これはめちゃくちゃありがたいな……！

そろそろ、モヤシだけの生活も限界にきていたところである。

「じゃあ、お願いします！」

「はい。三万六千五百円なのです！」

奥の金庫から現金を取り出してくる鏡花さん。

よっしゃ、これで今日は那美に何かうまいもんでも土産《みやげ》に買っていってやろう……！

思わずテンションの上がる俺に、鏡花さんが笑いながら言う。

「討伐者を続けていれば、安定してこのぐらいは稼げるのですよ。なのでお仕事頑張《がんば》るのです！」

「はい！」

「明日もまた遅刻せずに来てくださいね！　研修ありますから！」

こうして俺は、鏡花さんと七夜さんにお辞儀をすると初任給を手に家に帰るのだった。


――○●○――


「ただいまー！」

「おかえりー！　早かったね！」

俺が家のドアを開けると、すぐに那美が駆《か》け寄ってきた。

初出勤ということもあって、いろいろと心配してくれていたのだろう。

俺はそんな妹に、どーんと大きな包みを見せる。

「今日、さっそく給料がもらえたから。土産を買ってきたよ」

「え、本当!?」

「ああ。さっそく食べよう」

ワクワクする那美に急かされながら、ちゃぶ台の上に包みを置く。

そして風呂敷《ふろしき》をほどくと、中から大きな折箱が出てくる。

その茶色い包装紙には「特上」と力強い筆致で書かれていた。

「これ、お寿司⁉」

「ああ。前にお祝いに美味《おい》しいもの食べようって言っただろ？　だから買ってきた」

こうして箱を開くと、たちまち色とりどりの寿司ネタが目に飛び込んでくる。

助六《すけろく》以外の寿司を見るのなんて、いったい何年ぶりだろう？

俺も那美もお寿司は大好きだったが、スーパーの値引き品すら買えない状態だった。

こんなにいいお寿司を食べるのなんて、ひょっとしたら初めてかもしれない。

「お兄ちゃん、トロ食べていい⁉」

「いいけど、まずはしっかり手を拭《ふ》いてから食べろよ」

「はーーい！」

寿司折に付属していた紙製のお手拭き。

それで手をササッと拭くと、那美は驚くような速さでトロを口に放り込んだ。

慌てすぎて、醬油《しょうゆ》をつけることすら忘れてしまっている。

「ふはぁ……！」

たちまちトロンとした目をしながら、心底幸せそうな顔をする那美。

本当においしいものを食べた時は無言になるというが、まさにそれである。

彼女はゆっくりと目を閉じると、時折心地よさそうな吐息《といき》を漏《も》らしながら幸せな味の世界に

没頭《ぼっとう》する。

その様子は、見ているだけで味が伝わってきそうなほどだ。

「俺の分もあげるから、ゆっくり食べろ」

「……ありがとう!! お兄ちゃん大好き!!」

「よし、またお給料が入ったらジョウジョウ苑に連れてってやるからな」

「すごい!!」

「ははは、お兄ちゃんに任せとけって！」

こうしてこの日の夜、俺たち兄妹は久々の幸福を堪能《たんのう》するのだった。

第四話　実力検証

「昨日言ったけれど、今日からはソロ解禁」

七夜《ななよ》さんと共に、桜町《さくらまち》管理ダンジョンへ通うようになって五日。

俺《おれ》は研修の終了を告げられた。

とはいっても、初日から戦闘面ではほとんど問題がなかったので、二日目以降はダンジョンでのマナーや常識に絞《しぼ》って教えてもらっていたのだけれど。

「よっし。これで存分に検証できる！」

「……検証？」

「あ、いえ！　俺も一人前になったんだって興奮しちゃって！」

俺がそう言うと、七夜さんは分かってないとばかりに肩をすくめた。

そして嗜《たしな》めるような口調で言う。

「研修が終わっただけ。調子に乗らない」

「も、もちろん！　わかってますよ」

「討伐者《とうばつしゃ》は仕事に慣れてきた頃がもっとも事故率が高い。前にも言った」

「安全には気を付けます！」

「よろしい」

元気よく返事をした俺に、満足げに頷《うなず》く七夜さん。

先輩の許可も出たことだし、あとは鏡花《きょうか》さんに今日はどこへ行くか申請すればオッケーだな。

こういう時だけは、中小カンパニーに入って良かったと思う。

たぶん、人員の充実している大手だったらしばらくはパーティ参加を強制されただろう。

もちろん、基本的にはその方が安全ではあるのだけど。

秘密がたくさんある俺にとっては、ソロの方が何かと都合がよかった。

「社長、今日からは蕨山《わらびやま》管理ダンジョンに行きたいんですけどいいですか？」

「構いませんよ。でも、どうして蕨山なんですか？」

「桜町は人がちょっと多くて」

ダンジョンは大きく分けて二つ存在する。

一つは自然のままの状態のダンジョン。

そしてもう一つが、人間が管理下に置いている管理ダンジョンである。

後者は前者と比べるとかなり数が少なく、中でも桜町管理ダンジョンはそのアクセスの良さから新人討伐者に人気の場所であった。

そのため、時間帯によっては広いダンジョンの中でも結構混むことがあるのだ。

そうなってくるといろいろやりたい俺にとっては都合が悪い。

「なるほど、だからちょっと不人気な蕨山へ行こうと」

「はい。モンスターの優先権とかいろいろ面倒なので」

「あー、特にうちは舐《な》められてますからね……」

あははと申し訳なさそうに苦笑する鏡花さん。

モンスターの優先権は最初に攻撃をした討伐者に発生する。

しかし、誰が最初に攻撃をしたのか明確に分からないような場合ももちろん存在した。

そういった場合、大きな組織に所属する討伐者の方がどうしても有利になってくる。

小さいカンパニーの方が獲物《えもの》を横取りされて泣き寝入りするなんてこともあるらしい。

「でも、不人気には不人気の理由があるのです。気を付けてくださいね」

「そこはちゃんと調べてますから。じゃあ、行ってきます」

「いってらっしゃいなのです！」

ぶんぶんと手を振る鏡花さんに送り出され、事務所を出る。

こうして俺は蕨山ダンジョンへと向かったのだった。


――○●○――

「おー、桜町とはだいぶ雰囲気《ふんいき》違うな」

電車を乗り継ぎ、さらに駅から自転車で走ること三十分ほど。

蕨山管理ダンジョンは、その名の通り蕨山という自然豊かな山の麓にあった。

青々とした田んぼの広がる平野と山の境界線上に、古びた石造りの門が聳《そび》えている。

現代的なオフィス街の一角にあった桜町と比較して、ずいぶんとのどかな場所だ。

もっとも、田園風景の中にダンジョンがあるのもこれはこれですごい景色だけど。

「よし、ガラガラだな」

ダンジョンのある空き地に併設《へいせつ》された駐車場。

田舎特有のだだっ広いそこを見ても車は数台しか停《と》まっていなかった。

この分ならダンジョン内にもほとんど人はいないだろう。

そう思って門に近づいていくと、すぐに大きな注意書きが目に飛び込んでくる。

そこには『立ち入り禁止区域には絶対に入らないでください！』と記されていた。

これこそが蕨山管理ダンジョンが不人気な理由である。

このダンジョンには突出して強いモンスターが出現するポイントがいくつかあるのだ。

そこに近づかなければ安全とはされているが、ダンジョンは未解明の部分も多い。

なぜ強力なモンスターが出現するのか理由もわかっていないため、みんな念のため避《さ》けているのだろう。

……まあ、単に場所が不便なのも大きいが。

「それが好都合なんだけどな」

門の前に向かうと、桜町と同じように扉がひとりでに開いていった。

その奥に渦巻《うずま》く黒いもやの中へと飛び込んでいくと、独特の浮遊感《ふゆうかん》が襲ってくる。

やがてそれが収まると、周囲は不気味な森となっていた。

深い霧《きり》が立ち込めていて、黒く捻《ね》じれたような木々が立ち並んでいる。

さらにその木の一部は、毒々しいキノコで覆《おお》われていた。

「ここは……シュルツの森かな？」

ここもまた、桜町と同様に前世で見覚えのある場所だった。

冒険者時代に、森のある古代の遺跡《いせき》を目当てに訪れたことがある。

どうやらダンジョンは、ヴェノリンドの各地を模《も》して形成されているのだろう。

俺の中で仮説がひとつ確信へと変わった。

とはいえ、ヴェノリンドとダンジョンの関係は未だにさっぱりわからない。

棲んでいるモンスターとかも、ヴェノリンドとは微妙に違うんだよな。

そもそもヴェノリンドや地球にいる存在で、世界の壁を超えて影響を及ぼせそうなやつなんて……。

「……あの大魔王ぐらいか？　まあいいや、とにかく検証を始めよう」

考えるのをやめると、周囲を見渡して適当な獲物がいないかを探る。

事前に検索した情報だと、ここには植物系のモンスターがいるそうだが……。

そんなことを思っていると、木陰《こかげ》から蔦《つた》の塊《かたまり》のような物体が姿を現す。

「あれがダークアイヴィーか」

ともすれば、血管のようにも見える黒々とした蔦。

それが寄り集まって蠢《うごめ》く様子は、醜悪《しゅうあく》で気味が悪かった。

だがそれだけに――。

「遠慮《えんりょ》はいらないな。全力で試させてもらおうか」

俺は両手を身体の前に突き出すと、すぐに魔力を集め始めた。

たちまち収束する風が木々を揺らし始め、木の葉が躍《おど》る。

そして――。

「テンペスト！」

小さな竜巻が、すべてを切り裂くのだった。


――○●○――

「……全部、こっちでも問題なく使えるみたいだな」

数十分後。

戦争でも起きたかのように、荒れ果ててしまった森の一角を見渡しながら、俺は少し安心したように呟《つぶや》いた。

ヴェノリンドで使っていた一千以上の魔法。

そのうちの一部、特に使用頻度の高い魔法を中心にチェックしたのだが特に問題はなさそうだ。

地球というか、ダンジョンでもほぼヴェノリンドと変わることなく使うことができる。

強《し》いて言うなら――。

「身体強化魔法は効《き》き過ぎだな」

近くにある岩を殴《なぐ》ると、ゴンッと異様な音がした。

トン単位で重さがありそうなそれにひびが入り、そのまま割れてしまう。

身体強化だけで、七夜さんの十倍パンチみたいなことができてしまった。

……やっぱり、ちょっと異常だなぁ。

俺の身体能力と強化魔法の組み合わせだけでは、本来こんな威力《いりょく》は出ないはずだ。

どうやら、機動服に組み込まれている筋力強化機能が魔法を補助するように働いているらしい。

「強化魔法で筋肉自体が一時的に増強されて、それを機動服が電気刺激でリミッター解除してるって感じなのかな？　これ、いろいろと使えるかも」

魔法と科学を組み合わせて、さらに威力を底上げする。

前世で賢者と呼ばれていた頃の俺からすれば、垂涎物《すいぜんもの》の研究テーマだな。

効率よく狩《か》りをするためにも、いろいろ検証してみるといいかもしれない。

今の俺には、とにかく金が必要だからな。

那美《なみ》の学費にセキュリティの良い家の家賃などなど、少し欲を出せばお金はどんどん消えてしまう。

「さてと、じゃあそろそろ強いやつもいってみるか」

ここからがいよいよ本番である。

上級モンスターを相手に、俺の魔法がどこまで通用するかを検証しに行くのだ。

ドラゴンをインフェルノでぶっ飛ばしたことはあるが、あれは最上級魔法で消耗がとても激しい。

今の俺だと撃てて五発といったところだろうか。

それ以上使ってしまうと、魔力の欠乏でしばらく動けなくなってしまう。

前世の俺なら、魔法なんていくらでも使えたのだけど……。

今の身体は魔力の鍛錬《たんれん》がまだ不十分なので、容量が少ないんだよね。

「いったん中級を試してみて、ダメそうだったら考えるか」

中級魔法なら今の俺でも一日に三十発前後は撃てる。

これでもし仕留めることができれば、かなりの稼《かせ》ぎになるはずだ。

上級モンスターの魔石は、物にもよるが一個一万円はするという。
単純計算で、一日三十万円。
月に十日も働けば、夢の月給三百万だ。
とはいえ、今日のところはひとまず上級モンスターの魔石は一つか二つにしておこう。
それなら、モンスター同士の争いでたまたま瀕死《ひんし》の個体がいたとでも言えばいい。
ダンジョン内でも縄張《なわば》り争いがあると、七夜さんから聞いたことあるし。
「そろそろだな」
あれこれ思案しながら森を歩くこと十数分。
木々の密度が高まり、次第に森の雰囲気が変わってきた。
もともと濃かった魔力の濃度も上がってきて、空気も冷えてきたような感じがする。
ここがヴェノリンドだったら、魔導師たちがこぞって住みたがるな。
これだけ魔力が濃い場所はかなり珍しい。
「……んん？」
やがて急に視界が開けて、苔《こけ》むした古い廃墟《はいきょ》が姿を現した。
驚《おどろ》いた、こんなところまで再現されているのか……！
ヴェノリンドにあるシュルツの森。
そこには古代文明の遺跡があるのだが、まさかダンジョンにもあったとは！

ということは、この辺りに出現する突出して強いモンスターってのは……。
「やっぱりお前らか！」
やがて重々しい足音とともに姿を現したのは、巨大な人型のモンスター。
周囲の木々と比較して、身の丈三メートルほどはあるだろうか。
遺跡を守護するために生み出された古代のゴーレムである。
いや……よく見るとこいつはちょっと違うな？
普通のゴーレムは石でできているが、こいつの材質は木だろうか？
全身が苔で覆われていて、さらにところどころ花まで咲いている。
「自然物で無理やり人工物を再現しようとした結果か？」
景色は精密に再現できているのに、なぜモンスターの再現はいまいち雑なのか？
いや、そもそも再現するつもりなんて初めからないだけなのか？
いくらか疑問を感じたものの、そのまま戦闘へと突入する。
なに、石が木になったというならば逆に好都合だ。
炎の中級魔法で焼き尽くしてやろう。
「ファイアーランス!!」
灼熱《しゃくねつ》の槍《やり》がゴーレムの肩を穿つ。
ゴーレムの右腕が吹き飛び、そこを起点として全身が炎に包まれた。

やはり木でできた身体に対して、火属性は効果があるようだな。
しかしここで、シュウシュウと音を立てて炎が消えていってしまう。
ゴーレムは腕を失って黒焦《くろこ》げになったものの、致命傷までは負っていないようだ。
「思ったより燃えないな。……む⁉」
損傷したゴーレムの肩から、根っこのようなものが這《は》い出してきた。
それらは見る見るうちに寄り集まると、束となって失われた右腕の代わりとなる。
ものの十秒ほどで、ゴーレムの身体はすっかり元通りになってしまった。
……驚いたな、こいつ再生能力があるのか。
高位のゴーレムの中には、核が潰《つぶ》されない限り動き続けるものがいるが……。
まさか、そんなものがここにいるとは思ってもみなかった。
「ちょっと面白くなってきたな！」
ダンジョンというのは、やっぱり面白い。
モンスターへの認識を少し改めた俺は、そうつぶやきながら笑った。
するとここで、ゴーレムが反撃を仕掛けてくる。
「ちっ！　投げてくるのか！」
ゴーレムは近くに転がっていた石を手にすると、思い切り投げつけてきた。
その円を描くような機械的すぎる手の動きは、人というよりは投石機か何かに近い。

──ビュンッ!!
石の礫《つぶて》が弾丸さながらに宙を切る。
こりゃ、ちょっとしたマシンガンみたいなもんだな！
ばら撒《ま》かれる石の弾丸は、激しい弾幕を形成していた。
「アースウォール！」
とっさに土魔法で壁を作るが、礫が何発か身体に当たった。
しかし、流石《さすが》は五百万円の機動服。
付与魔法を掛けていたこともあって、大した衝撃《しょうげき》ではない。
鏡花さんが銃弾《じゅうだん》だって防ぐと言っていたが、まさしくその通りの性能だ。
「なかなか面倒だな」
身体が木でできているので、火属性ですぐ焼き尽くせると見込んだのだけど……。
水分をたっぷりと含《ふく》んでいるのか、思いのほか耐久性が高い。
もちろんインフェルノを使えばいけるだろうが、それだと魔力の効率がなぁ……。
他の上級魔法ならもう少しマシだが、それだって十発も撃てないので非効率だ。
「……そうだ、それなら」
魔法を複数組み合わせて、上級魔法並みの威力を出せばいい。
それでも十分に魔力的にはお得だ。

さっそく、ヴェノリンドの知識と地球の知識を組み合わせる時が来たのかもしれない。
そうと決まれば——！
「ファイアーランス!!　ウィンドショット改!!」
放たれた炎の槍に、風の塊をぶつける。
たちまち、それまで赤かった槍が青白く燃え上がった。
——ウィンドショット改。
俺が即席で作った、空気の塊ではなく酸素の塊をぶつける魔法である。
これによって炎の槍の温度は、一気に急上昇したはずだ。
「おっと！　危ないな」
大幅に威力を増した炎の槍は、呆気《あっけ》ないほど簡単にゴーレムの上半身をぶち抜いた。
勢い余って近くの大木に衝突し、そのまま焼き尽くしてしまう。
その熱量はすさまじく、十メートルほどもある大木がものの数十秒で炭になった。
……我ながら、ちょっとヤバい魔法を生み出してしまったかも知れない。
威力は流石にインフェルノよりも低いと思うけど、効率は格段に上だ。
「……まあいいや、とりあえず一万円っと！」
いったん思考を切り替えると、俺はすぐに動けなくなっているゴーレムに近づいた。
そしてその胸に手を差し入れると、強引に魔石を取り出そうとする。

そうはさせまいと根が絡《から》みついてくるが、機動服で強化された腕力は簡単にそれらを引きちぎった。

たちまちゴーレムの身体から生命力が失われ、全身に絡みついていた苔や葉が枯れていく。

「ふう、一休み」

額に浮いた汗をぬぐい、ペットボトルの水を飲む。

初めてにしては、そこそこスムーズにやれたほうかな。

中級のファイアーランスが一発に、下級のウィンドショット改が一発。

今の俺の魔力量だと一日に二十回ぐらいは狩りができそうだ。

ふふふ、夢の月給三百万がちょっとずつ見えてきたぞ……！

「あと一体ぐらいは倒していくか」

たぶん、あと一体分ならいきなり持ち込んでも何とか誤魔化《ごまか》せるだろう。

最悪、魔石を一つ見せたところで鏡花さんの反応が渋《しぶ》ければしばらく持っていたっていいのだし。

こうして俺は次なる相手を探して遺跡の中を歩きだすが、ふとあることを思い出す。

「そういえばこの遺跡、下もあるのかな？」

この場所の元となっているであろうシュルツの森の古代遺跡。

そこには、あまり知られていないが小さな地下倉庫が存在する。

その奥にはちょっとしたお宝があったはずだが、このダンジョンにもあるのだろうか？

ここまで緻密《ちみつ》に再現されているなら、ワンチャンあるかもしれない。

時間はまだ余裕があるし、試してみる価値ぐらいはありそうだ。

「えっと、ここの壁だったか？」

微《かす》かな記憶を頼りに、遺跡の壁を探索する。

確か、一つだけ石組みの大きさが明らかに違っていたはずだ。

そこを押すと床の石畳《いしだたみ》が移動し、地下への階段が現れるという仕掛けである。

行き止まりの周辺だったはずだけど……あった!!

「お、押せるぞ」

石を押し込むと、すぐにゴトッと何かが動くような音がした。

そしてズルズルと重々しげな音を響かせながら、石畳《いしだたみ》が動き始める。

仕掛けそのものが機能しない可能性もかなりあったが、とりあえずしっかりと作動してくれた。

あっという間に、ぽっかりと地下への入り口が姿を現す。

「けほっ、ひどい臭いだな。でも……！」

地下から漂《ただよ》ってきた黴《かび》の臭《にお》い。

だがこれは、とても良い兆候《ちょうこう》であった。

この場所にしばらく誰も入っていないという何よりの証拠である。

……これは本当にひょっとしてひょっとするかもしれないぞ。

ダンジョン産のアーティファクトというのは、ランクの低いものでもかなりの値が付いたはずだ。

階段を下りる足取りが、自然と軽くなる。

そして――。

「あった！」

薄暗い地下の倉庫。

その中のタルや木箱と共に、古びた宝箱が置かれていた。

「……罠《わな》は特にないな」

念のため魔力を探るが、周囲に妙なものは見られなかった。

俺は慎重に宝箱に近づくと、蓋《ふた》を軽く持ち上げて鍵《かぎ》がかかっているかを確認する。

すると箱の内部から、微かに魔力の反応があった。

はは一ん、こいつは魔力結界で蓋を封じているタイプだな？

普通の物理的な鍵よりもかなり凝《こ》った方式だが、俺にとっては好都合だ。

「対応する魔力は……ほいほいっと！」

この手の結界は、個人の魔力を認証するようになっている。

そのため、魔力の波長を調節して合わせてやれば開くことは簡単だ。

まぁ、ヴェノリンドでもこれが得意なのは俺ぐらいだったけどな。

「……お？」

やがて中から現れたのは、古びたナイフだった。

柄《え》は黒木でできていて、花柄の蒔絵《まきえ》のような装飾《そうしょく》が刻み込まれている。

貴族趣味で、なかなかに高級感のあるデザインだ。

魔法は特に掛けられていないので、残念ながらただのナイフみたいだな。

問題は……こいつが何でできているか。

恐る恐る鞘《さや》から引き抜くと、たちまち沈んだ銀の輝きが目に飛び込んできた。

「なんだ、仰々しい封印のわりにミスリルかよ」

結界を用いた宝箱は作成にかなりの手間がかかる。

それだけにちょっと期待したのだが、残念ながら大したことはなかった。

ヴェノリンドの感覚だと、このミスリル製のナイフの価値は冒険者の日給一日分ってところか。

日本でいうと、たぶん二万か三万ってところだろう。

ガラクタというほどではないが、隠し倉庫にあったお宝としては拍子抜けだ。

ぶっちゃけ日用品の範囲だな。

アーティファクトと呼べるような品では残念ながらない。

「初めからそう上手くはいかないってことだな」

お宝は貴重だからこそ価値がある。

そんなにポンポン出てこられてもってところはあるからな。

俺は気を取り直すと、他に何かないかを探ってから倉庫を後にした。

まあ、これでも数万円の価値はあるのだから決して無駄《むだ》ではなかった。

むしろ、一時間もしないうちに一か月の食費を稼いだと考えれば大したもんである。

こうして通路を戻って階段を上がると、そこには――。

「おいおい……」

木製ゴーレムの群れが、今か今かと遺跡の入り口で俺を待ち構えていた。

クッソ、俺が遺跡に入ったのに気づかれたか！

見た目も性能もヴェノリンドのゴーレムとは全くの別物だが、遺跡の守り人であることは変わらなかったらしい。

地下への通路が開かれたことに気付いて、侵入者を始末すべく集結したようだ。

大きさの問題で下には下りられないようだが、これだと外に出られないな。

「参ったな、ほかに出入り口は……ないな」

あいにく、通路は一本道。

奥の倉庫にも他の場所へ抜けられるような隠し扉などはない。

どうにかして、このゴーレム軍団を突破していくしかないな。

だが、俺に残された魔力はさほど多くない。

今日は検証作業で最上級魔法とかも使ったからなぁ。

「さてどうするか……」

中級魔法を強化するにしても、あの数だと少しきついな。

あれは一発の威力は高いが、広範囲にダメージを与えるような魔法ではない。

運よく何体か重なった位置に当たればまとめてぶち抜けるが、ゴーレムたちは距離を保っている。

本能なのか、はたまた作戦なのか。

あいつら、意外としっかり連携《れんけい》が取れるようになってるのかもしれない。

「しゃーない、魔力の回復を待つとするか」

魔力のない状態だときついが、逆に考えると魔力さえあればどうとでもなる。

俺は階段に腰かけると、のんびりと休憩をとることにした。

半日もすれば、全滅させるに足りるだけの魔力はたまるだろう。

帰りは遅くなるけど、那美《なみ》にはうまく説明して――。

「んん？　誰からだ？」

ここで、背中のザックに詰めていたスマホが鳴った。

そういえば、ダンジョンの中でも通信できるところがあるとか聞いたことあるな。

どうやらこの蕨山ダンジョンも、そういった場所の一つだったらしい。

驚きつつも画面を開くと、那美からラインが届いていた。

「今日はカレーだから早く帰ってこい……か」

なんてこった、ここで那美からの帰還《きかん》命令だと……!!

しかもカレーって、いったい何年ぶりだ？

そう言われたからには、何が何でも帰らなければならない。

予定変更、あのゴーレム軍団は今すぐ全滅させる。

しゃーない、翌日がちょっと大変だから控えてたけど……あれやるか。

「外気法……!!」

呼吸を整えながら、自身の身体を媒介《ばいかい》として周囲の魔力に働きかける。

——外気法。

これはその名の通り、外部の魔力を活用して魔法を発動させる秘儀《ひぎ》である。

古《いにしえ》の魔導師が編み出したはいいが実用化できていなかった技法を、前世の俺が完成させた。

これさえあれば、自身に魔力がほとんどなくても大魔法を発動できる壊《こわ》れ技である。

しかし、かなり無茶のある技法なので翌日の疲れがひどいんだよな……。

なのでいざという時にしか使わないようにしているが、妹の帰還命令はそれに値する。

俺はきちんと家に帰って、那美のカレーを食べなければならないのだ……!!

「お前らには悪いが、一瞬で終わらせよう。カタストロフィ!!」

炸裂《さくれつ》する炎。

爆風が吹き荒れ、ゴーレムたちの身体が消し飛んでいく。

それはさながら炎の饗宴《きょうえん》。

水分をたっぷりと含んでいるはずのゴーレムの身体が、まるで乾いた薪《まき》のように発火した。

やがて周囲の石壁や石畳までもが、赤熱して溶け始める。

「……ちょっとやり過ぎたな」

火の嵐が収まった後に外へ出ると、遺跡は以前とは全く違う状態になっていた。

石柱や石壁が軒並み崩《くず》れ、手足の吹き飛んだゴーレムたちが転がっている。

うーむ、外気法がちょっと強く働き過ぎたな。

ダンジョンの中は魔力が多いから、効果が想像以上だったらしい。

俺はバラバラになって身動きのできないゴーレムに近づくと、無造作に魔石をもぎ取る。

さしものゴーレムも、こうなってしまうとまともに抵抗すらできなかった。

「…………これについては黙《だま》っておこう、うん」

ひょっとすると、この遺跡の調査をしている人とかがいたかもしれない。

その人たちには申し訳ないけれど、俺はこの一件について黙秘することを決めた。

ま、まあきっとばれることはないだろう、うん。

今はそれよりも、早く帰って那美のカレーを食べないとな！

こうして俺は、急いで蕨山管理ダンジョンを出るとまっすぐ家に直帰《ちょっき》したのだった。


―○●○―


「桜坂《さくらざか》君！　昨日は大丈夫でしたか⁉」

翌日の朝。

だるい頭を抱えながら出社すると、鏡花さんがすごい勢いですっ飛んできた。

その剣幕に押された俺は、眠気を堪えながら返事をする。

「何かあったんですか？」

「これですよ、これ！　昨日、蕨山で大爆発があったって話題になってるんですよ！」

そう言うと、すぐさまタブレットで動画を見せてくれる鏡花さん。

そこには爆発で遺跡がぶっ飛ぶ瞬間が、はっきりと捉《とら》えられていた。

かなり至近距離から撮影していたようで、最後にはカメラが壊れて映像が途切《とぎ》れている。

……うわ、あんなところに監視カメラが置いてあったのかよ！

既《すで》に動画はかなり話題になっているようで、再生数を見ると軽く百万回を超えていた。

コメント欄《らん》も当然のように大荒れ。

上級討伐者が暴れたという話から、兵器の実験という陰謀論《いんぼうろん》っぽい話まで議論が入り乱れている。

中には「人間の仕業《しわざ》じゃないだろ」なんて意見まであった。

やばいな、思ったよりもずっと大事《おおごと》になりつつある。

ネットの話題が収まるまでは、大人しくしておいた方がいいかもしれない。

この分だと、蕨山に野次馬が集まってるなんて可能性もある。

「ああ、あの爆発ですか……。ちょっと近くで見ましたけど、俺は大丈夫でしたよ」

「ならいいのですが。ちなみに、犯人の姿とか見てませんよね？」

まさか自分が犯人などと言えないので、首をゆっくり横に振って誤魔化す。

すると鏡花さんは、そうですかと肩をすくめてデスクの方に戻っていった。

流石に、新人討伐者があんな爆発を起こしたとは思わなかったらしい。

「これだけの爆発、討伐者の手によるものならまず間違いなくS級の仕業です。でも、S級が蕨山に入ったなんて記録ないんですよね」

「あの、S級って何です？　討伐者にランクなんてありましたっけ？」

「ああ、それはですね。特に戦闘力の高い討伐者のみ、政府がS級に指定するのですよ。S級になるといろいろ特権を受けられるのですが、常に衛星《えいせい》で居場所を監視《かんし》されちゃうのです」

衛星で監視って、ちょっと本気出しすぎだろ……。

特権があるにしても、それは流石に嫌《いや》だなぁ。

俺も、あの爆発の犯人だってばれたら政府に監視されるのか？

プライバシーがゼロになりそうだし、ほどほどにした方がいいかもしれない。

俺だけならまだしも、実質的に那美まで監視対象になるのはいただけない。

「まぁ、S級なんて本当の上澄《うわず》みなので私たちにはほぼ関係ないですけど」

「あはは、そうですよね。というか、これ本物の映像なんですか？　ダンジョンの中にカメラがあるなんて、聞いたことないんですけど」

映像の真偽《しんぎ》を疑《うたが》っているように見せかけて、しれっとカメラのことを聞き出す。

カンパニーの社長である鏡花さんなら、この辺のこともある程度知っているかもしれない。

すると案《あん》の定《じょう》、彼女はやれやれといったような顔をして語り出す。

「蕨山は不人気なので、たまーに不法投棄《ふほうとうき》とかする輩《やから》がいるんですよ。それで各ポイントに監視カメラが設置されたんです」

「ああ、入るだけなら一般人でもできますもんね……」

「ええ。ダンジョン内に捨てれば警察《けいさつ》とかも来ないので、いろいろヤバいものを捨てる不届き者がいるんですよね。人気のあるダンジョンなら警備員《けいびいん》を常駐《じょうちゅう》させることもできるんですけど、蕨山とかはそうもいかなくて」

そういえば、ダンジョンにヤバいものを投棄する闇ビジネスがあるとか聞いたことあるな。

ダンジョンに裏金を隠《かく》した代議士がいたなんてのも聞いたことがある。

警察の手が行き届きにくいダンジョン内は、隠し事にはうってつけなのだ。

低ランクのダンジョンなら、ジェットパックとかホバーバイクを持ち込めばモンスターと遭遇しても逃げ切れるだろうし。

「……それで、今日はどうするのです？　何だか朝からお疲れみたいですが……。もしかして、初めてのダンジョンってことで張り切り過ぎちゃいました？」

「ええ、まあそんなところです。なので、今日はちょっと休もうかと」

「いいですよ。ここ最近、桜坂君はずーっと働いてましたし。むしろ、そろそろ休んでくださいって言うつもりだったのです」

言われてみれば、ここ一週間ぐらいは連続して働いてたな。

昔からバイト三昧《ざんまい》の生活をしてきたので、このぐらいは当たり前だと思っていたけれど。

よくよく考えてみれば、世間様は週休二日が基本だったよね。

「それじゃあ、昨日の分の鑑定《かんてい》だけお願いできますか？」

「いいですよ」

俺はさっそく、ザックの中から昨日の分の魔石を取り出した。

下級モンスターの魔石とは明らかに異なる大きな魔石がごろごろとデスクの上を転がる。

それを見た鏡花さんの目が、たちまち丸くなった。

「これは？」

「爆発現場に行ったら、転がってたんです」

「なるほど、そうですか。……って、あの爆発は危険ポイントで起きてたはずですよね？　近づいちゃったんですか？」

デスクから身を乗り出し、ずいっと迫ってくる鏡花さん。

その表情はにこやかだが目がまったく笑っていなかった。

あー、こりゃけっこうマジで怒ってるな……。

あまり察《さっ》しの良くない俺ですらわかるほどの威圧感《いあつかん》が、全身からにじみ出ていた。

普段は怒らない人が怒ると怖いというが、まさにその通りだな。

「……すごい爆発だったので、ちょっと様子を見に」

「ダメじゃないですか！　討伐者の基本は命を大事にですよ！」

「ご、ごめんなさい」

「気を付けてくださいね！　強いイデアに覚醒《かくせい》した人ほど、自信過剰になって事故を起こしやすいんですよ！　うちの会社にもですね……」

滔々《とうとう》とお説教をする鏡花さん。

その勢いに、俺は背中を丸くして小さくなった。

まあ、ヴェノリンドでも才能のある冒険者ほど早死にするとかいわれてたからなぁ……。

荒事《あらごと》を専門にする職として、そのあたりはどこの世界でも共通なのだろう。

鏡花さんが心配するのもごもっともだ。

とはいえこうなってくると、上級の魔石をたくさん持ち帰って稼ぐってのは難しそうだな。

鏡花さんを通す以外に魔石を売りさばく方法なんてのも知らないし。

そもそもカンパニーとの契約の中に、魔石の売却も含まれていたはずだ。

「……というわけで、以後はないようにしてくださいね！」

「はい、気を付けます」

「あと、できるだけ直帰はしないでくださいね！　やむを得ない場合は仕方ないですが。機動服の管理とかはしっかりしたいので、面倒でもよろしくお願いするのです」

「わかりました。でも、昨日はやむを得ない場合でしたよ。家の一大事だったので」

「ならいいのです！」

そう言うと、鏡花さんは鑑定を再開した。

そして数分後、彼女は驚きの金額を告げる。

「全部で二十三万六千円ですね」

「二十三万⁉　うわ、月給二か月分ぐらいじゃないですか！」

「良かったですね！　これで今月は歩合分だけで七十万円ほどあるのですよ」

「おおぉ……‼」

月給七十万円。

ついこの間まで、無職同然だった俺からすれば夢のような金額である。

月給三百万とかよりも、リアリティがある分だけ達成感がすごい。

俺、めっちゃ頑張《がんば》ったなぁ……。

給料が振り込まれたら、那美と一緒にジョウジョウ苑にでも行こう。

「あ、そうだ！　ついでにこれも見てもらっていいですか？」

「んん？　もしかしてダンジョンで拾ったんですか？」

「ええ。魔石が転がってた場所の近くに、地下への入り口があって。たぶん爆発の時に上が吹っ飛んで現れたんだと思うんですけど」

俺がそう言って取り出したのは、例の宝箱に入っていた古いナイフだった。

それを見た鏡花さんは、少し驚いたような顔をする。

「もしかして、アーティファクトですか？」

「いや、普通のナイフっぽいのでそこまで大したことはないと思います」

「でも、ダンジョンで見つかったということはすごいものかもしれないのですよ」

そう言うと、軽い調子でナイフを受け取る鏡花さん。

すごいものかもしれないと言いつつも、流石にそこまで期待はしていないようだ。

まあ、見るからに普通のナイフっぽいし実際大したことないからね。

しかし――。

「この光り方は……ま、まさか⁉」

ナイフをルーペで確認すると、鏡花さんはにわかに顔を強張らせた。

額には冷や汗が浮かび、明らかにただ事ではない様子だ。

あれ、ひょっとして地球だとミスリルってめちゃくちゃ貴重だったりするのか？

ヴェノリンドだったら、銀よりちょっと高いぐらいだけど。

「そんなに、すごいんですか？」

「はい、これ恐らくミスリルですよ！」

「……あんまり詳しくないんですけど、ミスリルってそんなに貴重なんです？」

ずいぶんと興奮した様子の鏡花さんに、俺は思わず尋《たず》ねた。

ヴェノリンドでは聖銀とも呼ばれるミスリルだが、実際のところそこまで大したものではない。

鉄より軽くて丈夫ではあるが、単純な材料としては日本のアルミ合金の方がよほど優《すぐ》れている。

鉄より優れた材料など現代の文明社会においてはありふれているのだ。

他に魔力を通しやすいという特徴もあるが、それが地球で価値を生むとは思えない。

俺がそう思っていると、鏡花さんは少し呆《あき》れたような顔をして言う。

「もちろん！　桜坂君、むしろ知らなかったんですか？」

「ええ、まあ。ミスリルなんて、何に使うんです？　宝飾品《ほうしょくひん》とかですか？」

「違うのですよ！　ミスリルはですね、常温超伝導体《じょうおんちょうでんどうたい》なのです！」

……なんだそれ？

何だか耳慣れない用語に、俺は顔をしかめる。

すると鏡花さんは、あれこれと手早く説明してくれた。

「えーっとつまり、いろいろな産業に応用できる価値の高い物質だと？」

一通り説明を聞いて、俺はとりあえずミスリルについてそう納得した。

ヴェノリンドでは主に貴金属や魔法の媒体《ばいたい》として用いられていたミスリルだが、地球では主に電気機器の配線や強力な電磁石の材料として使われているらしい。

ミスリルのおかげで、それまで夢の技術といわれていたものもいくつか実現したのだとか。

七夜さんのホバーバイクとかも、ミスリルを使った高性能モーターのおかげでできているらしい。

「ほぼ壊滅《かいめつ》状態に陥った日本が三十年でここまで復興《ふっこう》したのも、超伝導技術のパテントをほぼ独占しているからなのですよ。現代史の授業で習ったはずなのです」

「あー、バイトで忙しくて歴史の授業とかはほぼ寝てました」

「教養は大事なのですよ、寝ちゃダメです！」

メッと可愛《かわい》らしく怒る鏡花さん。

生きていくうえで、知識は大事だものなぁ。

前世が賢者であるだけにそれはとてもよくわかる。

だが、今はまあそれよりも……。

「……それで、どのぐらいになりそうなんです？　そのナイフ」

「ええっと二百グラムほどあるので、現在の取引相場だと……一千万円ぐらいですね！」

「一千万⁉　それもう家が買えるじゃないですか！」

あまりの金額に、俺はたまらず変な声を出してしまった。

カンパニーの取り分を除いても、俺の手元には七百万円以上が残る。

万年金欠だった俺たち兄妹にとっては、下手をしなくても人生が変わる金額だ。

討伐者になれば稼げると思っていたが、まさかこんなに早く大金が手に入るとは……！

「すげえ……兄ちゃん、頑張ったよ……」

「おめでとうなのです。これだけの掘り出し物、なかなか出ないのですよ」

「はい！」

「ただその……喜んでいるところ悪いのですが……」

ここで急に、鏡花さんの口調がたどたどしくなった。

これは、何だかちょっと嫌な予感がするな。

普段と比べて弱々しい彼女の様子は、出会ったばかりの頃を思い出させる。

そう、会社の先行きが見えずに困っていた時だ。

ここ最近は、俺が入社したせいかそういう顔をあまりしなくなっていたのだけどなぁ。

「基本的に、ダンジョンから発見された資源は行政の認可を受けた企業が買い取りをすることになっています。ミスリルなどの金属については、ヤマト金属という会社が独占的に買い取ることになっているのですが……その……」

「何かあるんですか？」

「実は、今うちに嫌がらせをしている会社がたぶんそこなんですよね」

鏡花さんの言葉を聞いて、俺はあちゃーと額に手を当てた。

それじゃあ、スムーズな買い取りなんて期待できるはずがない。

厄介《やっかい》なところに目を付けられたものだと思うが、関連がある会社だからこそカンパニーの経営権が欲しいのだろう。

クッソ、面倒なことになったもんだな……。

「流石に行政の許可を取ってしている事業なので、最終的には買い取ってくれるはずなのですが……。言いがかりをつけて買い取り価格を下げるか、期限の引き延ばしはまず間違いなくやってくると思います」

「……なかなかきついですね」

「もちろん、桜坂君の分については会社で肩代わりして先にお支払いするのです！　ただ、今月分の給料としてお渡しするのはちょっと」

そう言うと、鏡花さんはタブレットを取り出した。

そしてスケジュール帳のような画面を出すと、うんうんと頭を悩ませる。

「そうですね。何とか三か月以内には……どうにか……。ひょっとすると半年ぐらい……」

「うちの会社、そんなにきついんですか？」

「……今更《いまさら》隠せないので言いますが、だいぶ」

心底疲れ果てたように、大きなため息をつく鏡花さん。

そのまま軽く肩を回すと、ポキポキと骨が鳴る。

その姿からは中小企業経営者の悲哀というものが色濃く見て取れた。

うーん、どうにか助けてあげたいなぁ……。

「ナイフが早く売れれば、会社も助かりますよね？」

「ええ、臨時《りんじ》収入になりますから」

「何とかうまく、売り抜ける方法はないんですか？」

「うーん……………」

腕組みをして、鏡花さんは眉間《みけん》に深い皺を寄せた。

どうやら、まったく手がないというわけでもないらしい。

「……桜坂《さくらざか》君は、合同討伐というものについて七夜さんから聞いてますか？」

「いくつかのカンパニーで討伐隊をつくって、新しいダンジョンを攻略するやつですよね」

「ええ、そうです。この合同討伐の際、見つかった素材や破損した武具は主催したカンパニーがまとめて買い上げるという仕組みがありまして」

「なるほど、じゃあこのナイフを合同討伐の時に拾ったってことにすればいいと？」

「いえ、少し違います。サブウェポンとして持ち込んで、討伐中にわざと破損させるんです。いきなりミスリルのナイフを拾うのは不自然ですから」

悪戯《いたずら》っぽい笑みを浮かべる鏡花さん。

なかなか、よく考え抜かれた手法である。

というか、これまでもこのやり方でアーティファクトを上手く換金《かんきん》してそうだな。

明らかに手慣れた雰囲気を感じた。

「幸い、近々ナイトゴーンズの主催で大規模な合同討伐が予定されているのです。その練習を兼ねてカテゴリー2のダンジョンに合同で潜《もぐ》るので、そのときに実行しましょう」

「ちょうどいいじゃないですか」

「ただ、いくつか欠点もあって。これをするためには、まず桜坂君自身が合同討伐へ参加する必要があるのですよ。あと、ヤマト側もこのタイミングで何か仕掛けてくる可能性は高いのです」

なるほど、近道には相応のリスクもあるってことか。

鏡花さんが渋っていたのはそのせいだろうな。

「どうします？　断ってもらっても全然かまわないのですよ。リスクもありますし……」

「そうですね、カテゴリー2ってどの程度なんですか?」

ダンジョンは難易度別に、カテゴリー1から5までの五つに区分されている。

俺が普段潜っている桜町や蕨山は、もともとカテゴリー1のダンジョンだ。

今では管理ダンジョンとなっているため、実質的な難易度はもっと低いともされている。

「モンスターの強さの平均は大したことないのですよ。あくまで下から二番目のカテゴリーですからね。ただ、今回潜るのは新しいダンジョンなので情報が少なめです」

それなら特に問題はなさそうだな。

万が一のことがあっても、魔法でどうとでも対処できるだろう。

合同討伐にミスリルのナイフを武器として持ち込み、破損を装って買い取ってもらう。

何だかちょっと詐欺《さぎ》のスキームみたいで、後味が悪そうなのだけが難点か。

そんな俺の心情を察したのか、鏡花さんが言う。

「……まあ、こういう手口はどこも割とよくやるので。そこまで気にすることもないですよ。ミスリルのナイフの場合、金属としての価値がほとんどなので破損したものを買い取っても損はしないですしね」

「結構あるんですか?」

「ええ。中小カンパニーは買い取りの遅さに困ってるところも多いので。大手側もこういうのは割と黙認《もくにん》してるのです」

業界の慣行というわけか。

完全に善とは言い切れないけれど、みんなが生きていくためには必要なんだろうな。

今回については、嫌がらせをしてきているヤマト金属が悪いのだし。

お行儀良くして会社が潰れたら元も子もない。

「わかりました、じゃあ俺行きますよ。合同討伐！」

「ありがとうございます！　じゃあ、それまでに腕を磨《みが》いておいてくださいね！　詳しいことは後で連絡します！」

こうして俺は、合同討伐へと参加することとなったのだった――。

第五話　合同討伐

「いよいよ今日か……」

ミスリルのナイフを拾ってから、およそ二週間。

とうとう合同討伐《とうばつ》の日がやってきた。

この日に備えて、蕨山《わらびやま》でいろいろと訓練はしてきたつもりだ。

しかし、今回向かうダンジョンは初めてのカテゴリー2で、しかも見知らぬカンパニーの人たちと連携《れんけい》する。

できるだけ迷惑かけないように頑張《がんば》らないとなぁ。

詩条《しじょう》カンパニーみたいな中小企業にとって、外部からの評判は会社の生死にかかわる。

「お兄ちゃん、緊張《きんちょう》してるね」

普段とは違う俺《おれ》の様子を察《さっ》して、那美《なみ》が不安げに声をかけてきた。

討伐者というのは、稼《かせ》げると同時に大きな危険を伴《ともな》う職業である。

毎日のように大丈夫と言い聞かせてはいるが、それでもやはり心配の種はなくならないのだろう。

俺は表情を緩めると、できるだけ落ち着いた声で言う。

「大丈夫、今日の合同討伐は普段より安全なぐらいだよ」

「そうなの？」

「ああ。戦力は過剰なぐらいらしいから」

これについては、まったく嘘《うそ》ではない。

今回の合同討伐は、のちに高難易度ダンジョンを攻略するためのいわば前哨戦《ぜんしょうせん》のようなもの。

顔合わせや各カンパニーの連携を確認するためのものだと聞いている。

そのため、想定されるダンジョンの難易度に対してかなり多めの戦力が集まるのだとか。

しかし、そう言ったところで那美の表情は煮《に》え切らない。

「ふぅん……。ならちょっとは安心かな……」

「これが終わったら大金が入るからな。そしたら、とうとうこのボロい我が家ともおさらばだ」

「え、本当⁉」

露骨《ろこつ》に那美の顔色が変わった。

そりゃそうだ、うちはお世辞にもいい住まいとは言い難いからな。

六畳一間の三点ユニットバスで、しかも洗濯機は外置き式。

さらにちょっと天気が悪くなると、すきま風でガラス戸がガタピシと鳴る。

住めば都とはいうものの、こんな昭和《しょうわ》時代の生き残りのようなおんぼろ物件ではさぞつらかっただろう。

セキュリティなんて、概念《がいねん》すらない感じだしな。

鍵《かぎ》の見た目なんて、まんま古いゲームみたいだし。

台所にしたって、今どき珍《めずら》しい一口コンロで非常に使いにくい。

「なら私、今度は1LDKのマンションに住みたい！」

「いいぞ。1LDKどころか2LDKに住ませてやろう」

「そ、そんなすごい贅沢《ぜいたく》していいの⁉」

「ああ。もちろんだ」

「お兄ちゃん大好き‼」

ぎゅっと抱き着いてくる那美。

俺はその頭を軽く撫《な》でてやると、改めて気合を入れ直す。

那美のためにも、今日の合同討伐は必ず成功させないとな。

「じゃ、行ってくる！」

こうして俺は、家を出てまずはカンパニーへと急ぐのだった。


―○●○―

「何だか基地みたいになってますね」

詩条カンパニーの社屋《しゃおく》で七夜《ななよ》さんと合流し、彼女のホバーバイクで疾走《しっそう》すること小一時間。

俺たちは目的地である初ケ瀬《はつがせ》ダンジョンへとやってきた。

合同討伐の準備なのだろうか？

軍隊が使うような天幕がいくつか設置されていて、装甲車《そうこうしゃ》なども出入りしている。

おかげで平穏《へいおん》な住宅地らしい周囲と風景のギャップがすごいことになっていた。

「新しいダンジョンはだいたいこんな感じ。そういえば、初めてだった？」

「ええ、うちの近くにもダンジョンができたことないですし」

「カテゴリー2だから、ここはまだマシな部類。カテゴリー3を超えると戦車が出てくる」

「え、戦車でダンジョン攻略するんですか？」

「違う。万が一、モンスターが外に出てきた時に移動する壁として使う」

なるほど、そういうことか。

もしもそんなことになったら、怪獣《かいじゅう》映画みたいな絵面《えづら》だなぁ……。

それだと人間は蹂躙《じゅうりん》される側なので、ちょっと勘弁《かんべん》してほしいが。

俺がそうしてチラチラと国防の人たちを見ていると、七夜さんがポンポンと肩を叩《たた》く。

「……あんまりじろじろ見ない方がいい」

「どうしてですか？」

「国防は私たちのことを良く思ってないから」

「え、そうなんですか？　協力することもあるのに？」

「連中は民間人が武力を持つのを嫌《いや》がってる。政府を動かして、強引に討伐者を全員軍属《ぐんぞく》にするって法案を通そうとしたこともあったらしい。結局、潰《つぶ》れたけど」

へえ、そんなことまであったのか……。

前世のヴェノリンドでも、冒険者嫌いの軍人とか貴族はけっこういたなぁ。

軍というのは、国家が有する最大の暴力装置である。

それを超え得る力を民間人が有するのは、やはりそれなりに軋轢《あつれき》を生むのだろう。

お偉《えら》いさんが文句を言う理屈もわからないではない。

「……そろそろ時間だけど、今泉《いまいずみ》さんがこない」

やがて指定されていた天幕の前に着いたところで、焦《じ》れるように言う七夜さん。

今泉さんというのは、今回の合同討伐に参加する予定のもう一人の討伐者である。

今泉樹《いつき》、三十二歳。

鏡花《きょうか》さんの話では、黒月《くろつき》さんと並んでうちのカンパニーの稼ぎ頭《がしら》らしい。

親しみやすい男性だと聞いているが、いきなり遅刻されるのはちょっと予想外だ。

するとーー。

「よっ、ちょっと遅くなった！」

やがて機動服を着た痩身の男性が俺たちに近づいて来た。

この人が今泉さんだろうか？

さっぱりした短髪と日に焼けた肌が、歴戦の猛者《もさ》といった風貌《ふうぼう》だ。

ただしその表情は人懐《ひとなつ》っこく、鏡花さんの言っていたように親しみやすい。

何となく兄貴とか呼びたくなるような雰囲気《ふんいき》だな。

前世の冒険者にもたまにいたタイプだ。

「君が期待の新人君か？」

「期待されてるかは分かりませんが、新人の桜坂天人《さくらざかあまひと》です」

「俺は今泉樹。気軽に樹先輩とでも呼んでくれ」

「はい、樹先輩！」

「それで黒月とはうまくやれたか？　俺が研修しても良かったんだが、あいにく俺のイデアは補助向きでな。不愛想《ぶあいそう》なこいつに任《まか》せることになったんだよ」

「不愛想は余計、大きなお世話」

不機嫌《ふきげん》そうにそう言うと、七夜さんは樹さんの足を踏《ふ》もうとした。

しかしそれを、樹さんはするりと避《よ》けてしまう。

「ははは、まあとにかく行こうや。他の連中もそろそろ集まってるだろ」

「……それもそうですね。絡《から》んでいる時間が無駄《むだ》でした」

ふうっとため息をつきながらも、樹さんに続いて天幕の中に入る七夜さん。

俺もその後に続いて移動すると、すでに多くの討伐者が集まっていた。

ざっと二十人ほどはいるだろうか？

高難易度ダンジョン討伐への足掛かりというだけあって、かなりの規模だな。

こうして俺が周囲を観察していると、思わぬ顔が目に飛び込んでくる。

「あれ、赤井《あかい》？」

「え？　おぉ、桜坂じゃないか！」

俺の数少ない昔の知り合いの中で、唯一《ゆいいつ》の討伐者である赤井。

高校の同級生である彼との思わぬ再会に、俺は少し驚《おどろ》いてしまう。

「びっくりした、こんなところで会うなんてな！」

「こっちも、お前が討伐者なのは知ってたけどナイトゴーンズだとは知らなかった」

「まあな、おかげさまでエリートやらせてもらってるよ。それで、桜坂はカンパニーの手伝いでもしてるのか？」

屈託《くったく》のない笑みを浮かべながら、そう告げる赤井。

うん、まあ普通はそう考えるよなぁ。

イデアは十五歳までに発現するものだとされてるし。

「いやそれが……」

「知り合い？」

「あ、黒月さん！　どうもです！」

様子を見に来た七夜さんに、サッと頭を下げる赤井。

よし、うまいこと七夜さんに赤井を押し付けて離席してしまうか……。

俺がそっと距離を取ろうとしたところで、七夜さんが爆弾を投げ込んでくる。

「この子はうちの次期エースの桜坂君。よろしく」

「えっ⁉　ちょっと、七夜先輩⁉」

エースなどと紹介されて、びっくりしてしまう俺。

赤井も俺が討伐者になっていたとは思っていなかったようで、目をパチパチとさせる。

うわ、こりゃ面倒なことになったぞ……！

「桜坂が……エース⁉　おい、お前ってイデアなかっただろ？」

「……最近、いきなり発現したんだよ」

「最近ってイデアは十五歳までだろ？　桜坂って、俺と同い年だったよな？」

明らかに狼狽《ろうばい》した様子の赤井。

そりゃそうだろう、十五歳以上でイデアを発現したなんて話は俺も聞いたことがない。

そもそも、俺のはイデアじゃなくて魔法だしな。

すると赤井だけではなく、七夜さんまでもが興味深そうな顔で尋《たず》ねてくる。

「イデアが最近発現したって話、私も聞いてない」

「え？ ああ、そういえばしてませんでしたっけ」

「してない。それで、その歳で討伐者になったんだ」

納得したように、腕組みをしながらうんうんと頷《うなず》く七夜さん。

直接理由を聞いてくることはなかったが、俺がなぜこの歳で討伐者になったのかを彼女なりにずっと不思議に思っていたようだ。

そのスッキリした表情を見て、俺はちょっと悪いことをしてしまったなと感じる。

前世が異世界の魔導師《まどうし》だったことを公開するつもりはないが、カンパニーの人たちにはある程度情報共有をしておくべきだったかもしれない。

樹さんも、何やら興味深そうな顔でこちらに聞き耳を立てているようだし。

「どうしてこの歳で発現したのかは自分でもわからないんだけど。試しに使ってみたら使えちゃって……」

「……そっか。でも、これで俺たちも同じ業界の仲間ってわけだな。一緒に頑張ろうぜ！」

わからないと言った俺に、赤井は深く追及することなく手を差し出してきた。

この辺のさっぱりとした感じは、どこか体育会系っぽいノリである。

普段はちょっと苦手なこのノリが、今だけは非常にありがたく感じられた。

こうして俺が手を握《にぎ》ろうとしたところで、不意に赤井を呼ぶ声が聞こえる。

「いた！　そんなとこで何やってんのよ！」

「いや、知り合いがいたのでちょっと」

「ふぅん。そういえば、見かけないのがいるわね」

やがて姿を現したのは、豊かな金髪を後ろで束《たば》ねた少女だった。

俺と同年代ぐらいで、背が高くスタイルの良さが際立っている。

目鼻立ちのハッキリとした顔は整っていて、さながらモデルのようだ。

海外映画のポスターか何かに載っていても、違和感がなさそうなほどの美人さんである。

ちょっと目つきがキツイのが、俺としては少し気になるところだが。

「あなた、詩条の新入り？」

「ええ、まあ」

「合同討伐は初めて？」

「そうです、カテゴリー2のダンジョン自体も初めてで」

「そう。なら、何かわからないことがあったら遠慮なく聞いて。今回は私がリーダーだから」

「えっ⁉」

思わず、聞き返してしまった。

いくらなんでも、二十歳にもならない少女が数十人規模の討伐隊を率いるのは意外だ。

すると俺の言葉が気に障《さわ》ったのか、少女は少し苛立《いらだ》たしげな顔をして言う。

「何か問題ある？　言っとくけど、討伐者の腕に歳は関係ないから」

どうやら年齢に関することは、少女にとってタブーだったらしい。

ぐぐっと詰め寄られ、たまらず冷や汗が浮かぶ。

この子、すごい美人だけど俺がちょっと苦手なタイプかも……！

この手の人って、前世にもいたけどあんまりいい思い出がないんだよな。

俺が押しに弱いのも相まって、何かと押し切られてしまうのだ。

「別にそういうわけじゃ……」

「ならいいわ。あなた、名前は？」

「桜坂天人です」

「覚えた。私は神南紗由《かんなみさゆ》よ。じゃ、よろしく」

ぶっきらぼうにそう言うと、少女はさっさと前の方へ歩き去って行ってしまった。

後に残った赤井が、すかさず彼女のことをフォローする。

「すまない。神南さん、急にリーダーを任《まか》されて少し気が立ってるんだよ」

「何かあったのか？」

「……もともと、今回は黒岩《くろいわ》さんって人がリーダーになるはずだったんだけどさ。一か月ぐらい前だったかな、妙な事件が起きて今はそっちの調査をしてるんだ」

「妙な事件？」

「ああ。ダンジョンの外でドラゴンが目撃されたって」

……げ、それって俺が倒したドラゴンのことじゃねーか！

たまらず顔が引き攣《つ》りそうになるのを、どうにか堪える。

あのドラゴン、俺の家の近くに来る前に既に誰かに目撃されていたのかよ。

そりゃまあ、あの図体ならめっちゃ目立つだろうけどさ。

「ド、ドラゴン？　まさか、そんなのが外にいるなんてことあるのか……？」

「だよな。けど、痕跡《こんせき》は見つかってるらしいぜ。もっとも、いったい誰がそんなの倒したんだって話になるけど……。それを鋼十郎《こうじゅうろう》さんが調べてるって話だ。あの人、元国防の特務だから」

「へ、へえ……」

……すまん、そのドラゴンを倒したの俺だわ。

けど参ったな、けっこう調査が進んでいるのだろうか？

ドラゴンを倒したこと自体は違法行為でも何でもないはずだけど、俺の能力がもしバレるようなことがあれば大変に困る。

今の時代、政府が裏で何やってるかなんて分かったもんじゃないからな。

いきなり捕まえて人体実験なんてのも十分にあり得る話だ。

実際、それらしい疑惑《ぎわく》なんていくらでも転がっている。

「ちょっと赤井、遅い！」

「はい、今行きます！」

神南さんに返事をすると、赤井はそのまま前列へと走り去った。

その数十秒後、会場の照明が落とされる。

「……時間ね。今回のリーダーを任されたナイトゴーンズの神南よ。本当は黒岩がやる予定だったけど、別件があって私がやることになったわ。若輩《じゃくはい》で申し訳ないけれど、今回はよろしく」

時刻は九時ちょうど。

その場に集った数十人の討伐者たちに向かって、神南さんが朗々《ろうろう》と話し始めた。

大手のカンパニー所属だけあって、リーダーを務めるような機会も多かったのだろうか？

先ほどまでの子どもっぽさは鳴りを潜め、かなり場慣れした雰囲気だ。

討伐者たちの側も、彼女のことは承知しているらしく特に反発は見られない。

ナイトゴーンズのエースというのも、まんざら嘘ではないらしい。

「まずは、今分かっている初ケ瀬ダンジョンの情報からよ。このダンジョンは閉鎖型で、空間の大部分が洞窟《どうくつ》か坑道《こうどう》のようになっているわ。それぞれの通路は複雑に入り組んでいて、万が一、道に迷うと帰還するのはかなり難しいわね」

閉鎖型のダンジョンというのは、その名の通り大部分が閉鎖空間となっているダンジョンである。

具体的には洞窟や地下通路、あるいは古びた建築物の中といったものになる。

それに対して、桜町《さくらまち》や蕨山《わらびやま》などは開放型のダンジョンと呼ばれるらしい。

一般に閉鎖型は構造が複雑で心理的な圧迫感などもあることから難易度が高いとされている。

今回のダンジョンもその例にもれず、配布された地図を見てもかなり面倒そうだな……。

「相当複雑そうなダンジョンだが、主《ぬし》の場所は既《すで》に推定されてるのか？」

「ええ。これを見て」

そう言うと、神南さんは背後に置かれていたディスプレイを操作した。

すぐにレーザーで描いたようなダンジョンの立体マップが表示される。

……うわ、何だかアリの巣みたいだな。

偵察用ドローンで作成されたのであろうそれは、紙の地図で見るよりもさらに複雑だった。

長旅になりそうだと察した討伐者たちの顔が、露骨《ろこつ》に曇《くも》っていく。

そんな彼らの表情をよそに、神南さんは指でマップ下にある空白を示した。

「事前調査の結果、倒すべき迷宮主はこの大空間にいると推定されるわ。ゲートで繋《つな》がっているポイントからここまで道なりに進むと、およそ二十キロ程度の距離があるわね」

二十キロという距離を聞いて、さらにざわめく討伐者たち。

単に道を二十キロ歩くだけなら、子どもでも時間をかければできることである。

しかし、モンスターが襲ってくる薄暗いダンジョン内を二十キロとなると話は違ってくる。

日帰りするつもりで出てきたけど、これはだいぶ時間がかかりそうだな。

基本的にダンジョンの攻略は迷宮主の討伐をもって完了とするが、今回は距離が敵になりそうだ。

参ったな、帰りが遅くなったら那美がなんていうことか。

「モンスターを倒しながら進むと、二日か三日はかかるぞ」

「もっとかかるんじゃないか？　途中で休憩できるポイントもなさそうだ」

「この戦力ならモンスターは問題ないだろうが……」

口々に懸念点を漏《も》らす討伐者たち。

七夜さんや樹さんもまた、立体マップを見て渋《しぶ》い顔をしている。

二十キロも洞窟内を進むようなダンジョン、なかなかないんだろうな。

前世の俺ならこういう場合、途中に転移魔法陣を設置したものだが……。

流石《さすが》に転移魔法が使えるなんて言えるはずもない。

どうしたものかと思っていると、神南さんがパンッと手を叩いて場を仕切り直す。

「そこで！　今回はショートカットルートを使うわ！」

「ショートカット？」

「そう！　ここを見て、洞窟の通路が大きく湾曲して深部の地下空間に迫っているの。ここに穴を開ければ、門から深部までの移動距離は三キロに満たないわ」

彼女の言う通り、洞窟の通路が大きく落ち窪《くぼ》んでいるポイントがあった。

マップ上では、地下空間の天井と洞窟の床が今にも触れそうに見える。

だがここで、どこか神経質そうな印象の男が手を上げる。

「その縮尺《しゅくしゃく》だと、狭いように見えて天井と床の間は百メートルぐらいありませんか？」

「いい勘《かん》してる、だいたいそのぐらいよ」

「そんなのとても無理ですよ！　いくら攻撃系のイデアを使っても、百メートルの穴なんて……」

半《なか》ばヒステリックになりながら、神南さんを責め立てる男。

しかし、言っていることは至極ごもっとも。

これだけの人数の討伐者がいても、そんな深さの縦穴を掘るのは難しいだろう。

それなら大人しく険しい道のりを二十キロ歩く方がマシである。

「それについては問題ないわ。掘削《くっさく》リグを持ち込んで目的地まで穴を掘る。シミュレーションだと約三時間で作業が完了するわ」

「いやいや、掘削リグってバカでかい重機ですよね？　そんなのどうやって……」

「それについては、ワシら未来産業が責任をもってやらせてもらいます。どうぞよろしく」

最前列に陣取《じんど》りながらも、これまで特に発言することのなかった気弱そうな年かさの男。

どこか討伐者らしくない彼がにわかに立ち上がると、皆に向かって深々とお辞儀《じぎ》をした。

途端《とたん》に、声を荒らげていた男が渋々といった様子ながらも引っ込む。

どうやらあの男の人、討伐者の間でかなりの有名人らしい。

「あの人、誰なんですか？」

「運び屋の社長」

「運び屋？」

「未来産業の別称。運搬に適したイデアを持つ討伐者ばかりで、いつも荷物を運んでいるから」

「結構儲《もう》けてるらしいけどな。あの社長、商売がうまいんだよ」

そう言うと、うちの社長も真似《まね》してくれないかねえとぼやく樹さん。

なるほど、ニッチなところに目を付けて稼いでいるってわけか。

それはそれでなかなかうまいやり方だなぁ。

人柄はともかく、商売上手ということなら鏡花さん以上だろう。

鏡花さんの場合、真面目《まじめ》過ぎて損しているように見える部分が多々あるからなぁ。

「仮に掘削リグを持ち込めたとして、それで掘れる穴は直径数十センチだろ？　通れるのか？」

「発破《はっぱ》して拡張するわ。爆薬をワイヤーで吊して、穴の五か所で爆発させる。計算上は、これで穴の直径を二メートルまで拡大できるはずよ」

「爆薬でダンジョンに穴なんて開くのか？」

前の方にいた討伐者の一人が、呆《あき》れたような顔でそう尋ねた。

確かに、ダンジョンの壁や床は非常に頑丈《がんじょう》だとか聞いたことがある。

穴を開けることまではできたとしても、爆薬で吹き飛ばすのはなかなか難しそうだ。

すると神南さんは、大きな金属製のバケツのようなものを取り出す。

中身がよほど冷たいのか、その表面は白い霜で覆われていた。

「そのために今回、技研から特殊な爆弾を譲り受けたわ。金属ヘリウム爆弾とかいうヤツで、今回はこいつのテストも兼ねてるわね」

それを聞いた途端、隣《となり》にいた七夜さんの表情が険しくなった。

「電子励起《れいき》爆薬。完成してたの知らなかった」

「そんなヤバいんですか？」

「核兵器並みの威力《いりょく》があるけど、放射線を出さない次世代兵器。技研の虎《とら》の子だったはず」

「へえ……。そんなものがどうしてまた」

「技研はダンジョンと討伐者を実験材料として見てる」

うわぁ……またなんか日本の闇みたいな案件だな。

他の討伐者たちも何か危なそうだということは分かったのか、しきりと安全性の確認をする。

「爆発力はどの程度なんだ？　暴発したりしないのか？」

「大丈夫、液体窒素《えきたいちっそ》で冷却したうえで三重《さんじゅう》の不活性化処理《ふかっせいかしょり》を施《ほどこ》してあるから」

「安全性は？　洞窟全体が崩《くず》れたりはしないか？」

「それも問題ないってシミュレーションが出てるわ」

他の討伐者からの質問にも、スラスラと答える神南さん。

やがて彼女は、パンッと手を叩《たた》いて話を打ち切る。

「今後、我々が高難易度ダンジョンを攻略する際には大型機材の持ち込みや野営地の設置が必要不可欠となるわ！　今回はその練習だと思ってもらえるとありがたいわね！」

神南さんがそう言うと、討伐者たちは納得したように頷いた。

今回の合同討伐は、あくまで今後想定されている高難易度ダンジョン攻略のための前哨戦。

本番での連携を確認することが、最重要なのである。

反応を確かめた神南さんは最後に、討伐者たちに向かって発破をかけるように言う。

「さあ行くわよ！　さっさと迷宮主を倒して、今日一日で終わらせましょう！」

「うおおおおっ!!!!」

気勢を上げる討伐者たち。

彼らは天幕を出るとすぐに門をくぐり、続々とダンジョンの中へと足を踏み入れていくのだった。


——○●○——

「……よりにもよって、アンダズかよ」

ダンジョンの中へ入ると、すぐさま目に飛び込んできた不気味な光景。

俺はたまらず、やれやれとつぶやいた。

――アンダズ鉱山《こうざん》。

俺が前世で暮らしていた異世界ヴェノリンドでも、かなり悪名高い狩場《かりば》である。

もともとは良質な鉄山だったのだが、大規模な崩落《ほうらく》事故が起きて閉山となり、俺が生きていた時代には死霊系モンスターの巣窟《そうくつ》となっていた。

かつての鉱山労働者の死体が長らく放置された結果、モンスターとなってしまったというわけである。

死霊系モンスターは倒すのが面倒なだけであまり旨味《うまみ》もないため、このような場所は封印されるのが普通だが……。

厄介《やっかい》なことに、ここは街から近かったため定期的に冒険者が駆《か》り出されては間引きが行われていた。

俺もそれに参加させられたことがあったため、ここのことを覚えていたというわけだ。

「どうかしたのか？」

「いえ……気味悪い場所だなと思って」

かつての嫌な記憶を思い出し、つい表情に出してしまった俺。

それを心配した樹さんが声をかけてくるが、俺は平気だと首を横に振る。

いくらヴェノリンドと似ていても、ここはあくまでダンジョン。

出てくるモンスターの種別は恐らく違ったものとなっているだろう。

できれば死霊系は避けてほしいんだよな……臭いがしんどいから。

閉鎖空間で腐臭《ふしゅう》を漂《ただよ》わせるのは、もはや嗅覚《きゅうかく》への特殊攻撃に等しい。

すると……。

「コウモリ？」

現れたのは、血に濡《ぬ》れたような真《ま》っ赤《か》なコウモリの群れであった。

たちまち、先頭を歩いていた神南さんが警戒を促《うなが》す。

「気を付けて！　こいつら、口から血みたいなの吐いてくるから！」

「キァッ!!」

いきなり、コウモリたちの口からどす黒い液体が放たれた。

——まずいな、毒液か！

討伐者たちはとっさにそれを回避するが、最初から面倒な奴が出てきたものだ。

コウモリ系のモンスターは、当たれば一撃で仕留められるが回避力が高いんだよな。

こういうのは広範囲魔法でどうにかするのがセオリーだけど……。

「俺に任せな！　嵐を呼ぶ男《ストームコール》！」

そう思っていたそばから討伐者の一人がイデアを発動した。

洞窟の中だというのに、どこからともなく風が吹き雨が降り始める。

雨粒の当たったコウモリたちは、たちまち動きが鈍くなった。

そのよろよろとした機敏《きびん》さの欠片《かけら》もない動きは、もはや的と大して変わらない。

「はあっ！　針鼠の怒り《ニードルバースト》！」

「無尽の光矢《インフィニティショット》‼」

次々とイデアを発動し、攻撃を仕掛けていく討伐者たち。

あの人は全身から針を発射する能力で、あの人は光の矢を撃ちまくる能力か？

多くの討伐者が集まっているだけあって、その戦い方は実に多種多様。

イデアを見ているだけでも全く飽《あ》きがこないな。

この分なら、今回の合同討伐も意外に楽しくやれるかもしれない。

「……さて、俺もやりますか」

おまけ程度とはいえ、俺も戦闘要員としてここに連れてこられたのである。

このまま黙《だま》って見守っているというわけにもいくまい。

ここはひとつ、赤井たちもいることだしほどほどにできるところを見せるとしますか。

「弾《はじ》けろ！　ライトニング！」

指先から放たれた雷が、たちまち雨の中に拡散した。

蜘蛛《くも》の糸のように広がった稲光は、たちまちコウモリたちを焼き尽くす。

雷の下級魔法ライトニング。

威力は控えめだが、とにかく広範囲なのが売りの魔法である。

まして、雨が降っている状況ならばその効果は倍増。

コウモリの群れぐらいなら、一発で壊滅《かいめつ》させることなど造作《ぞうさ》もなかった。

「お、おぉ？」

「すげえな！　あれだけの数が一気にいなくなっちまった！」

コウモリを一掃すると、自然と皆の注目がこちらに集まった。

やはり、ヴェノリンドでは下級魔法でも地球だと結構な威力なのだろうか？

詩条カンパニーへの期待値が低いのもあるのだろうが、周囲の反応は思った以上に良かった。

「思ったよりやるじゃねえか、流石は期待の新人君！」

「ははは、どうもです」

「どんどん我が詩条カンパニーの名を上げてくれよ！」

何ともフレンドリーな様子で俺の背中をパンパンと叩く樹さん。

なかなか、調子のいい人のようである。

しかし、俺も褒《ほ》められて特に悪い気はしなかった。

よし、次も頑張りますか！

そう思ったところで、第二陣がやってくる。

「こいつらは……アリか？」

「とんでもない数ですねえ」

コウモリに代わって姿を現したのは、巨大なアリの群れだった。

遠目だが、子どもぐらいの大きさはあるだろうか？

それらが群れを成し、洞窟の地面を埋め尽くしながら接近してくる。

よしよし、おあつらえ向きに手頃なのが来たな。

「前衛《ぜんえい》が出て！　いったん受け止めた上で排除するわ！」

「俺が壁を作ります！」

俺はすぐさま、魔力を込めた手のひらを地面に叩きつけた。

瞬間、魔力が洞窟の地面に広がって馴染《なじ》む。

よしよし、ダンジョンだけあってなかなかいい具合だぞ。

「ストーンスピア！」

たちまち、洞窟の地面が隆起して無数の槍《やり》が出現した。

アリの群れに向かって突き出したそれは、さながら槍衾《やりぶすま》のようである。

たちまち群れの進行が止まり、討伐者たちから歓声が上がる。

「すげえ‼」

「ほう！　大したイデアだ！」

「いや、アーティファクトじゃないか？　さっき雷のイデア使ってたし」

「とにかく今は攻撃だ！　散雷火‼」

討伐者たちの攻撃が始まり、見る見るうちにアリの数が減り始めた。

こうして戦線にある程度余裕が出てきたところで、七夜さんがスッと距離を詰めてくる。

「……あなたのイデア、どうなってるの？」

「え？　どういうことですか？」

「前に使ったのも入れて、三種類も使ってる。普通、イデアは一つだけ」

……マジか。

けど、今までそんなことは誰も言わなかったような……？

いや、当たり前すぎて敢《あ》えて言わなかっただけか？

思い返してみれば、俺もイデアは一種類って前提で話していたような気がするし。

「そ、そうなんですか？」

「イデアはその人間の願望を具現化したものといわれている。複数あるのは見たことない」

「俺、めっちゃ願望強かったんですね。たぶん」

「……明らかに普通じゃない。イデアが複数あるなんて、すごすぎ」

表情にこそ出していないが、明らかに距離感が近くなっている七夜さん。

実際は複数どころじゃなくて、数えきれないぐらいあるんだけど……。

それを言ったら、驚くを通り越して倒れちゃいそうだな。

……うん、ちょっと今回は魔法の種類を控えた方がいいかもしれない。

そう思ったところで、神南さんが号令をかける。

詮索《せんさく》されないうちに会話を打ち切ることのできる、俺にとっては絶妙なタイミングだった。

「だいたい片付いたわね！　進行を再開するわ！」

こうして俺たちは、洞窟の奥を目指して歩みを進めるのだった。

その先に待ち受けるものが何なのかも知らずに――。


――○●○――


初ヶ瀬ダンジョン攻略を開始してから、およそ二時間。

俺たち討伐隊はいよいよ掘削リグを設置するポイント付近まで進行していた。

洞窟が縦に大きく広がり、さながら渓谷《けいこく》のようになった大空間。

あとはここさえ制圧すれば目的地はもうすぐだ。

「ライトニング!!」

手のひらから迸《ほとばし》る紫電。

たちまちコウモリの群れが焼き尽くされ、地面へと落ちていく。

それと入れ替わるようにして、今度は壁の上の隙間《すきま》から巨大な蜘蛛《くも》が顔を出した。

その眼は血に濡れたように赤く、口からは巨大な牙《きば》が生えている。

……こいつはなかなか、大物が出てきたな。

即座に他の討伐者たちが攻撃を仕掛けるが、蜘蛛は何と自身の前に糸を張ってそれらを防いでしまう。

「こいつは、ちょっと手がかかりそうだな」

「私がやる。下がってて」

ここが山場の一つと判断したのだろうか。

それまで戦いを見守っていた神南さんが前に出てきた。

気迫の抜刀。

剣が赤々と燃えて、洞窟の闇を照らし出す。

それはさながら、剣の形をした小さな太陽。

その熱量によって、張り巡らされていた糸が自然と燃え始める。

「はあぁっ‼」

炎の剣が紅い軌跡を描き出し、瞬《またた》く間に蜘蛛を両断した。

灰色の巨体が燃え上がり、あっという間に灰となっていく。

……なかなか大した威力だ、範囲は狭いが中級魔法の上位ぐらいはありそうだな。

ひょっとすると上級の下位ぐらいはあるかも。

でも、あの蜘蛛を倒すには無駄が多すぎやしないだろうか？

洞窟内であれだけの熱量を周囲にまき散らしたら、本人だって相当に暑いだろう。

「よし！　さっさと行くわよ！」

俺の懸念《けねん》を知ってか知らずか、汗を拭《ふ》きながら告げる神南さん。

彼女の後に続いて、さらに進むこと二十分ほど。

緩やかな下り坂を下りて行ったところで、俺たちはとうとう目的の場所へとたどり着いた。

洞窟が折れ曲がる地点であるその場所は、通路が膨らみ小部屋のような空間となっている。

「ほんじゃ、設置しまっせ！　貪欲《どんよく》の葛籠《つづら》‼」

男がそう叫ぶと同時に、昔話に出てくるような古風な葛籠が姿を現した。

さらにそれを開くと、中から得体のしれない紫の霧《きり》が湧《わ》き上がってくる。

そして瞬く間に霧が消えると、そこには巨大な土木機械が鎮座《ちんざ》していた。

間違いない、こいつが掘削リグだろう。

「へえ……アイテムボックスよりも便利じゃないか」

前世で住んでいたヴェノリンドには、アイテムボックスと呼ばれる便利な道具があった。

これは内部の空間が拡張されていて、中に大量の荷物を詰め込めるという代物だ。

しかし、箱や袋の入り口という制限があるためあまり大きな荷物は入れられない。

全体の容量がどの程度かわからないが、あれほど巨大な機械を持ち運べる葛籠は驚異的だ。

どうにかしてあの箱というか、あのイデアを分析させてもらえないかな？

「水平よし、接続よし！」

「電源、入ります！」

響き渡るモーター音。

それと同時に、掘削機の先端に取り付けられたドリルビットがゆっくりと下ろされた。

たちまち道路工事のような轟音がして、硬い岩でできた洞窟の地面にみるみる穴が開けられていく。

三時間で百メートルも掘るというだけあって、その勢いは大したもの。

あっという間にドリルの先端部が見えなくなり、岩を砕く音が遠ざかっていく。

「あとは、掘削完了したところで発破するだけね。しばらく休憩、迷宮主との戦闘に備えましょう」

掘削機の動作が安定したところで、神南さんがどこかほっとしたようにそう告げた。

とりあえず、今回の合同討伐で前半の山は越えたってところか。

あとは迷宮主さえ討伐することができれば、無事にミッションコンプリートってわけだな。

俺の場合、その戦いの途中でこっそりミスリルナイフを壊《こわ》しておくってのもあるけど。

「今のところ順調だな」

「ん、あとは迷宮主を倒すだけ」

「……そういえば、迷宮主ってどんなモンスターなんです？」

既に一仕事終えた感のある樹さんと七夜さんに、恐る恐る尋ねてみる。

迷宮主と呼ばれるモンスターと戦うのは、俺にとってこれが初めてのことだった。

倒せばダンジョンを消滅させることのできる特別なモンスターだとは聞いているのだが……。

実際、どれほどの強さなのかは未知数だった。

「そうだな、タイプにもよるんだが……。周囲のモンスターより数段強いな」

「あと、デカブツが多い。今回みたいに閉鎖型のダンジョンだと大変」

「やっぱり、主だけあってデカイんですね」

「稀《まれ》に小さいのもいるけど、そっちの方がだいたいヤバい。特に人型は要注意」

「へえ……」

「ま、これだけの戦力が揃《そろ》ってるんだ。カテゴリー2程度なら問題ねーよ」

そう言うと、樹さんは視線を神南さんの方へと向けた。

あの炎の剣はかなりの威力だったからなぁ。

デカいモンスターを相手にするならかなり有力な戦力だろう。

何なら、彼女一人でも片がつくかもしれない。

「問題はそれよりヤマトの動き。恐らく今回の参加者の中に、ヤマト寄りの人間がいるはず」

「彼らが戦闘の混乱に乗じて、俺たちに何か仕掛けてくるかもしれないと？」

「その可能性は高い」

確信めいた口調でそう言う七夜さん。

それに同意するように、樹さんもゆっくりと頷く。

どうやら真の敵は、迷宮主以外にもいるのかもしれない……。


——○●○——


「うお、那美のやつずいぶん気合を入れたなぁ」

掘削作業に入って数十分。

時刻はちょうど正午となり、警戒担当を除く討伐者たちは食事を取り始めた。

特に指示があったわけでもないのだが、時間になると規則正しく行動してしまうのは日本人の性だろうか。

俺も那美から受け取っていた包みを開くと、中から大きな重箱が出てくる。

今日は大事な仕事だと事前に伝えていたので、那美の方でも気合を入れてくれたらしい。

「すげえ弁当だな？　彼女か？」

俺の弁当箱を見て、樹さんが興味深そうな顔をして近づいて来た。

その手には、コンビニのサンドイッチが握られている。

「違いますよ、妹のです」

「ほほう、妹か。いい趣味だな……」

妙にいい笑顔をする樹さん。

いやいやあんた、その言い方には絶対含《ふく》みがあるだろ。

「何を言ってるんですか。俺と那美には何にもないですよ」

「冗談だよ、冗談」

「今泉さんが言うとそう聞こえない」

ここで七夜さんも参戦してきた。

彼女の手には、手作りと思《おぼ》しき大きなおにぎりが握られている。

……本当にデカいな、コンビニで売ってるやつの五倍ぐらいはないか？

小さな顔に対しておにぎりが大きすぎて、バグか何かのように見える。

そういえば七夜さんって、いつもおにぎりなんだよな。

研修期間中も、昼食はほぼ必ずおにぎりだった。

「でっかいおにぎりですね！」

「日本人だから当然」

「おいおい、それだとサンドイッチ食べてる俺の立場がないんだが?」

「お米食べないのは日本人じゃない」

「ずいぶん過激派だな!」

しれっとした顔でなかなかぶっ飛んだことを言う七夜さん。

その視線は今泉さんのサンドイッチへと向けられている。

うーむ、七夜さんの前ではあんまりパンを食べない方がいいかもしれないな。

「よう、楽しそうだな!」

こうして皆で和気藹々《あいあい》と話していると、何故《なぜ》か赤井がこちらへやってきた。

あれ、ナイトゴーンズは食事休憩をとっていないのか?

すぐに掘削機の方へと視線を向けると神南さんが一人で黙々《もくもく》と鶏肉とブロッコリーを食べていた。

……食生活まで微妙に意識高いんだな、神南さん。

まあ、討伐者ってアスリートみたいなものだからあるべき姿かもしれないけど。

「何でナイトゴーンズのメンバーがこっちに?」

「神南さん、ちょっとピリピリしてて話しづらくって」

「それで、知り合いの俺のとこへ来たってわけか」

「まあな。ほら、土産《みやげ》もある」

そう言って赤井が取り出した紙のパックには、唐揚《からあ》げがぎっしりと詰まっていた。

これって確か、最近ちょっと有名な専門店のやつだな。

パックに描かれている鶏のマークに、俺はちょっと見覚えがあった。

「お！　俺、ここのやつ好きなんだよなぁ！」

「機械の熱で温めてきたんで、熱々っすよ」

「私も好き、ちょうだい」

「もちろん！　どうぞどうぞ！」

これが体育会系のコミュ力か……⁉

土産の唐揚げを持ってきたことによって、実にすんなりと受け入れられる赤井。

前世でも現世でもコミュ障の俺には太刀打ちできない技だな……。

「桜坂も食うか？　うめえぞ？」

「……俺はいいよ、那美の弁当があるから」

何となく、俺は赤井の唐揚げは食べなかった。

直感とでもいえばいいのだろうか？

俺には何故か、それがあんまりおいしそうに見えなかったからだ。

……こういうノリの悪さが、俺が陰キャといわれるゆえんだろうなぁ。

でもいいんだ、俺には那美がいるからな！

すると、俺のノリの悪さが気に障ったのか、赤井は一瞬不機嫌そうな顔をする。

「……ならいいけど。それよりお前、大活躍だったな」

「そうか？」

「ああ！　コウモリの群れを一発で全滅させただろ？　その後もアリの群れを足止めしてたし。神南さんも感心してたぜ」

へえ、あのプライドの高そうな神南さんが。

ちょっと予想外である。

ああいう人って、基本的に自分以外を絶対に認めなそうだし。

「能力を二種類使ってたけど、岩の槍を出した方はアーティファクトか？」

「まあそんなところかな」

「じゃあ、雷の方がイデアってわけか。あれが最大出力？」

「もっと出せるよ。というか、やたら細かく聞いてくるな」

「ははは、十八歳で覚醒《かくせい》したイデアってのがどんなのか気になって」

あー、そういうことか。

そりゃ、十八歳で覚醒したイデアなんて普通じゃなさそうだからな。

ゲーム脳じゃなくても、特別な何かがあるとか思いたくなる。

現役の討伐者ならば、聞いてくるのも無理はないだろう。

しかし、ここで素直に教えるわけにもいかない。

「わかるけど、そう簡単に全部は教えられないって。むしろ、赤井の方こそどうなんだよ？」

「俺の方こそって？」

「お前のイデア、どんなのだよ？　すごいとは噂《うわさ》になってたけど」

高校の同級生であるが、俺は赤井がどんなイデアの持ち主か知らなかった。

ただ噂で、すごいイデアに覚醒したらしいとだけは聞いている。

学校中で噂になるイデアとは、果たしてどのようなものだったのか。

すると赤井は、どこか気恥《きは》ずかしそうに言う。

「あー、俺のはな……。治癒《ちゆ》の能力なんだ」

「治癒？」

「そ、あらゆる薬を出して治療ができる」

それはなかなか便利そうな能力だなぁ。

あらゆるということは、種類もかなり豊富なのだろう。

しかし、自身のイデアについて語る赤井の顔はどことなく不満げだった。

「気に入らないのか？」

「まあな。俺も神南さんみたいなカッコいい能力が良かったよ。だいたい、俺って治癒ってガラじゃねーだろ」

「でも、ナイトゴーンズに入れたってことはすごいんだろ？」

「それはまあ、そうなんだけど」

「イデアは人の願望を表すもの。あなたの能力が治癒なのにも意味はあるはず」

ここで七夜さんが会話に割って入ってきた。

討伐者としての歴が長いだけあって、なかなかに含蓄のある言葉である。

しかし、赤井はどうも納得しきれないような顔をする。

「うーん、まあそうっすけど……」

そう言うと、神南さんの方を見る赤井。

羨望《せんぼう》、嫉妬《しっと》、憧憬《しょうけい》……。

その目の奥では、様々な感情が渦を巻いているようだった。

高校の時は、能天気な勝ち組野郎ぐらいにしか思っていなかったけど……。

赤井は赤井で、いろいろな悩みを抱えているんだな。

「……ん？」

こうして昼食を終えたところで、樹さんが少し妙な顔をした。

先ほどまでのどこか気だるい雰囲気から一変して、彼は姿勢を低くすると耳に手を当てる。

「……何か近づいてきてるな」

「モンスターですか？」

「ああ、それもかなり多い。息遣《いきづか》いが聞こえる」

おいおい、どんだけ地獄耳《じごくみみ》なんだよ……。

もしかして、さっきの俺と七夜さんのイデアが複数あるって会話とかも全て聞かれてたか？

そんなことを思っていると、洞窟の奥から無数の唸《うな》り声《ごえ》が聞こえてくる。

「……なんて数だよ」

やがて姿を現したモンスターの群れ。

さながら濁流《だくりゅう》のようなそれを見て、俺はたまらず息を呑《の》む。

「こりゃずいぶんと賑《にぎ》やかだ」

押し寄せてくるモンスターの数を見て、樹さんが呆れたように呟《つぶや》く。

アリに蜘蛛に大蛇《だいじゃ》、そしてこれまで姿を見せていなかった巨人のようなモンスターまで。

洞窟中のモンスターが、片《かた》っ端《ぱし》から押し寄せて来ているようだ。

……おいおい、どうしてこうなった？

地獄のような光景に、俺はたまらず顔をしかめた。

すると七夜さんが、落ち着いた様子で言う。

「大規模な討伐作戦だとたまに起きる現象。特に閉鎖系は音に反応するようなのも多いから」

「ああ、さっきからすごい音出してますもんね」

小さな地鳴りのような音を響かせながら、岩盤《がんばん》を掘り進む掘削リグ。

そりゃ、一か所であれだけの騒音《そうおん》をずーっと発生させていたらモンスターも集まるか。

この事態は神南さんもある程度は予想していたようで、すぐに休憩を切り上げて指示を発する。

「全員、戦闘態勢！　ここを死守するわよ！」

「おう!!」

「土嚢《どのう》があります！　これを上手くつこうたってください！」

先ほど、葛籠から掘削リグを取り出して見せた男。

それが今度は、葛籠から土嚢の山を取り出した。

討伐者たちはそれを次々と運搬すると、手際よく簡易的な防壁を築《きず》く。

「よっし！　ここは俺が一発かましてやる、安全な場所まで下がっとけ！」

壁ができるとすぐに、討伐者たちの中でもひときわ大柄な男が前に出てきた。

先ほどまでの戦闘では、主にメリケンサックで戦っていた人物である。

てっきり、身体強化系のイデアなのかと思っていたが……そうではないらしい。

彼は拳を突き上げると、思い切り叫ぶ。

「龍人降臨!!」

もともと大柄だった男の身体が、さらに一回りほど膨《ふく》れ上がった。

さらに顔の骨格が変化し、肌が紅い鱗《うろこ》に覆われていく。

その姿はさながら、ドラゴンと人間が混ざり合ったかのよう。

彼は腰に手を当てて背中をそらせると、大きく息を吸い込み――。

「龍の息《ドラゴンブレス》!!」

男の口から青白いブレスが放たれた。

光り輝くエネルギーの奔流《ほんりゅう》が、たちまちモンスターの大群を薙《な》ぎ払う。

すごいな、今のでかなりの数をもっていったぞ！

本物のドラゴンにも匹敵《ひってき》するかもしれない大火力である。

「おぉ……！」

「流石は竜ケ崎《りゅうがさき》。Sランクに最も近いとか自称するだけはあるな！」

「おーおー、大した暴れっぷりだ！」

「敵が崩れた！　突撃!!」

敵の陣営に穴が開いたのを見て、すかさず神南さんが指示を飛ばす。

そして自ら、炎の剣を手に後方に陣取る巨人たちを目掛けて飛び込んでいった。

彼女に続けとばかりに、近接戦に長けた討伐者たちが駆けだしていく。

その中には、七夜さんの姿もあった。

「十倍パンチ！」

先日、見事に大岩を割った十倍パンチ。

それが今度は巨人の腹に炸裂《さくれつ》した。

──ドォン!!

腹の底に響く地響きのような音。

それと同時に、分厚《ぶあつ》い脂肪と筋肉に覆《おお》われた巨人の腹が大きく凹《へこ》む。

「グオァ!!」

巨人の身体が浮き上がり、そのまま吹き飛ばされた。

俺はすかさず、土魔法を発動する。

「ギャオオッ⁉」

地面が変形し、岩の槍が生えた。

空中で身動きの取れなかった巨人は、なすすべもなく串刺しとなる。

──ズシャ!!

穂先《ほさき》が肉を突き破り、血が舞った。

巨人は一瞬悲鳴を上げたものの、すぐに息絶える。

心臓をぶち抜かれては、強大なモンスターであろうとひとたまりもなかったらしい。

「助かった」

「いえ、七夜先輩こそ流石ですよ」

互いにアイコンタクトをとる俺と七夜先輩。

そうしている間にも、討伐者たちの猛攻は続く。

「巨人の剣!!」

「大水葬!!」

ある者は巨大化させた剣を振るい、またある者は濁流でまとめてモンスターを押し流し。

初めは絶望的な数に思えたモンスターが、見る見るうちに減っていく。

流石は、各カンパニーから集められた精鋭の集まりだけのことはある。

カテゴリー2には過剰な戦力といわれていたわけが、俺にもはっきりと理解できた。

これだけのメンバーが揃っていれば、迷宮主さえも数で圧倒できるに違いない。

「よし！　戦闘終了！」

ほとんどのモンスターがいなくなったところで、神南さんが戦いの終わりを告げた。

討伐者たちは武器を納めると、土嚢の壁を越えて陣地の中へと戻っていく。

ふと時刻を見れば、午後二時過ぎ。

掘削作業は三時に終わる予定なので、あと一時間ほどは休む時間があるな。

「ったく、せっかくの休憩《きゅうけい》が台無しだったな」

「けど、数の割にはそこまで大したことなかった」

「メンバーがメンバーだからな、よっぽど大丈夫だろうよ」

「それもそうね」

一仕事終えて、軽口を叩き合いながらスポドリを飲む樹先輩と七夜先輩。

ここで、神南さんがパンパンと手を叩いて言う。

「ケガをした人がいたらすぐに申し出て。あと、武器を破損した場合も持ってきてちょうだい！」

あ、ここで破損したミスリルナイフを渡せば補償《ほしょう》で買い取ってもらえるのか。

俺はすぐさまザックからナイフを出すと、こっそり岩にぶつけて欠けさせようとした。

だがここで、今まで聞いたこともないような轟音《ごうおん》が響く。

「なに⁉」

「おいおいおい……‼」

「嘘だろ……！」

重さ数トンはある巨大な掘削リグ。

小屋のような大きさのそれが、下から突き上げられたようにひしゃげて宙を舞った。

こちらに向かって飛んできたそれを、慌《あわ》てて回避する。

「め、迷宮主の仕業《しわざ》か？」

「まさか！　まだ小さい穴ができただけだ！」

「遠距離系の技とかじゃないか？」

「穴の深さは百メートルもあるんだぞ！」

「落ち着いて‼　全員、臨戦態勢！」

状況が混乱する中で、神南さんが急いで指示を発した。

彼女自身も剣を抜くと、慎重に掘削でできた穴へと近づいていく。

拡張が終わっておらず、まだ直径三十センチほどしかないそれであるが、異様なまでの存在感を放っていた。

今にも、底から何かが這《は》い出してきそうだ。

「……魔力？」

穴から、冷たい何かが溢《あふ》れ出してきていた。

魔力だ、それも強い闇の属性を帯びている。

もはや瘴気《しょうき》と言っても過言ではないそれは、人間にはかなり有害なものだ。

「気を付けて！　穴から変なものが出てます！」

「変なものって？」

「ガスみたいな！」

俺の警告を聞いて、神南さんの表情がますます険しくなった。

彼女は様子を見守っていた討伐者たちの方へと振り返ると、大きく手を上げて指示を出す。

「……間違いなく何か来るわね。出てきたところを最大火力で潰すわ、攻撃系のイデアを持っているメンバーは前に出て！」

神南さんの指示で、数名の討伐者たちが穴を取り囲むように移動した。

俺もまた、それに加わっていつでも魔法が撃てるように魔力を高める。

さて、鬼が出るか蛇が出るか……。

緊張感が高まり、静寂《せいじゃく》が満ちる。

もともとが洞窟ということもあって、周囲から不気味なほどに音が消えた。

自分の心臓の音が聞こえてきそうなくらいだ。

そして――。

「来た」

樹さんが短く声を発すると同時に、赤い何かが穴から噴出《ふんしゅつ》した。

これは……コウモリの群れか⁉

密集して荒れ狂うその姿は、巨大な一個の生物のようである。

「攻撃開始‼」

「龍の息《ドラゴンブレス》‼」

「大水葬‼」

「針鼠の怒り《ニードルバースト》！」

神南さんが合図をすると同時に、次々と攻撃が撃ち込まれた。

俺も負けじと、ライトニングを最大出力で放つ。

休憩して魔力を回復しただけあって、その威力は下級魔法ながら中級魔法並みになっていた。

稲妻《いなずま》が轟《とどろ》き、コウモリの群れは見る見るうちにその数を減らしていく。

「……終わりよ！　光焔の刃《フレイムサーベル》!!」

最後に、神南さんが残ったコウモリを焼き尽くした。

一時は何が出てくるかと焦ったが、結局、それまでと大して変わらない相手だったな。

けど、あの不気味な魔力は一体……。

コウモリが発していたにしては異質過ぎるそれに、俺はどうにも違和感を抱いていた。

念のため、感覚を研《と》ぎ澄《す》まして穴の奥の魔力を探る。

すると――。

「これは……！　第二波が来ます！　もっと数が多いです！」

「まだ来るのかよ！」

「コウモリ地獄か、ここは！」

いくら雑魚《ざこ》といえども、何回も来られたら流石に面倒である。

討伐者たちの顔が露骨に曇るが、彼らもプロ。

すぐに気を取り直すと、再び攻撃を仕掛ける準備に移る。

「来たぞ！」

再び、穴の底から湧《わ》き上がってくるコウモリの群れ。

先ほどよりもさらに数を増したそれは、さながら赤い霧のよう。

そこへ再び、討伐者たちが一斉攻撃を仕掛ける。

炎、針、光の矢、暴風雨……。

あらゆる種類の攻撃が殺到し、瞬く間にコウモリはその数を減らす……。

かと思われたのだが。

「効いてない⁉」

「なんだ、こいつら……‼　うわっ⁉」

コウモリを容易《たやす》く蹴散らすはずの攻撃。

それがまったくと言っていいほど効果を上げなかった。

赤い霧がたちまち前線にいた討伐者たち数名を呑み込み、声にならない叫びが聞こえる。

これは……何が起きている？

あのコウモリたちは特殊なバリアでも張っているのか？

にわかに混乱する俺たちの耳に、どこからか声が響く。

「我、痛みを知る者。同じ痛みは二度と通用せぬ」

「……誰？　姿を現しなさい！」

闇から響く声に、神南さんが勇ましく問いかける。

それに応えるようにコウモリの群れが唸り、捻《ね》じれ、やがて小さく収束していった。

この魔力の大きさと特性は……！

俺はとっさに前世で遭遇《そうぐう》したある死霊系モンスターを思い出した。

アンダズにはいなかったはずの大物。

だが、そこはやはりダンジョンと異世界の違いだろうか。

まったく、面倒な形で違いが表れてくれたもんだ！

「我はフェムドゥス。血の支配者にして痛みを知る者」

やがて完全に人型となったそれは、大きな漆黒《しっこく》の翼を広げた。

闇に溶け込むようなそれと、口元に輝く牙は間違いない。

「吸血鬼か。それもなかなか位が高いな」

……これは、魔法の縛《しば》りはちょっと厳《きび》しいかもなぁ。

吸血鬼は全体的に能力が高い上に、非常にタフだ。

流石に上級魔法を使わないと、倒れてくれないだろうな。

俺がそう思ったところで、討伐者たちから悲鳴じみた声が上がる。

「人型⁉　カテゴリー2のはずだろ！」

「明らかにやべえぞ、おい！」

「ビビるな、俺が仕留める‼」

そう言って前に出てきたのは、先ほどブレス攻撃を仕掛けた討伐者であった。

名前は竜ケ崎さんだったか。

彼は大きく息を吸い込むと、口の前に巨大なエネルギーの塊《かたまり》を形成する。

「龍の息《ドラゴンブレス》!!!!」

膨大なエネルギーが奔流となって襲い掛かった。

白い光が洞窟の壁や床を照らし出し、目を開けていられないほどだ。

こりゃ、さっきよりもさらに威力が増してるな!!

並のモンスターなら、一撃で蒸発《じょうはつ》して消え去ってしまいそうだ。

しかし――。

「同じ痛みは通用せぬ」

「なにっ⁉」

光が収まると、そこには何事もないかのように佇むフェムドゥスの姿があった。

あれだけの攻撃を受けたというのに、かすり傷一つついていない。

いくら吸血鬼がタフだといっても、あまりにも異様な姿だった。

一方、力を使い果たしたらしい竜ケ崎さんは変身が解けて人の姿へと戻ってしまう。

そして――。

「おぐぁっ!!」

コウモリの群れが、竜ケ崎さんの身体を呑み込んだ。

俺はとっさにライトニングを放つが、雷は何かに阻《はば》まれるようにかき消されてしまう。

まさかこいつは……。

「同じ技は二度と通用しない。チートじゃねえかよ」

イデアを一つしか持たない討伐者たちにとっては、ある意味で最悪の能力を持っているようだった。

「神南さん！　そいつ、同じ技は二度と通用しないんだ！」

「……そんなことある⁉」

俺の言葉をすぐには信用しない神南さん。

言葉で説明しても埒《らち》が明かないと思った俺は、再びライトニングを放った。

外気法を使い、威力を最大限まで底上げしたバージョンである。

たちまち稲光《いなびかり》が宙を引き裂き、フェムドゥスの身体を紫電が走る。

だが、フェムドゥスの不気味な微笑《ほほえ》みを崩すことすらできなかった。

「見ました？　同じ攻撃は通らないんだ」

「……なんてことよ」

「恐らく、コウモリを攻撃するのに使った技はもう全て通用しなくなってる」

最初に襲撃を仕掛けてきたコウモリの群れ。

あれは間違いなくフェムドゥスの眷属《けんぞく》だろう。

吸血鬼と眷属は五感のすべてを共有することができるので、コウモリに対して使われた技もフェムドゥスは受け付けなくなっているのだ。

自身の一部ともいえる眷属を使い捨てにしてでも、攻撃の無力化を図ってくるとは……。

非情だが、極めて効果的な作戦だった。

「それだと、頼りになりそうなのは……」

顔をしかめながら、神南さんは七夜さんの方へと視線を向けた。

相手が空を飛ぶコウモリということで七夜さんは攻撃に参加していない。

彼女の攻撃は基本的に素手で行うため、リーチが短いのだ。

しかし、攻撃系のイデアのことごとくが無効化された今となっては俺以外で有効な攻撃を撃てそうなのは七夜さんしかいない。

「黒月さん！　あなた、いつものあれは撃てる？」

「問題ない。けど、このままだと相手の動きが早すぎる」

「なら、俺が一時的に奴を止める」

「樹さんが？」

名乗りを上げた樹さんに、俺は思わず首を傾げた。

そういえば、彼のイデアっていったい何だろうか？

サポート系と言っていたが、これまでのところ発動させているのを見たことがない。

時折、妙に小さな音を聞き分けていたので情報収集系の能力だと思っていたのだが……。

俺があれこれ考えていると、七夜さんが渋い顔をする。

「……洞窟でやるの？」

「仕方ねえだろ、ほかにあの迷宮主を止める手がねえんだから」

「……やむを得ない！　全員、距離を取って耳を塞《ふさ》いで!!」

樹さんの能力のことは、どうやらかなり有名らしい。

神南さんがそう判断を下すと、後方支援の討伐者たちを中心に何人かが慌ててその場を離脱《りだつ》した。

俺も近くの岩陰に身をひそめると、しっかりと耳に手を当てる。

……さあて、一体何が起きるんだ？

俺が恐る恐る見守っていると、あろうことか樹さんはマイクのようなものを取り出して――。

「魂の雄叫び《ソウルシャウト》!!」

……うおっ!?

洞窟全体に響き渡る、もはや音というよりも衝撃波と言った方が適切な雄叫《おたけ》び。

警戒していたにもかかわらず、意識をもっていかれそうになった。

こりゃ、確かに洞窟で使うのは危ないぐらいの能力だな……！

補助系とか言ってたけど、十分過ぎる破壊力だろこれ！

さしもの怪音波に、フェムドゥスも感覚を乱されたのだろう。

空中にとどまっていることができず、フラフラと地面に舞い降りる。

「この痛み、覚えたぞ……！」

「どうせこれっきりだよ。黒月、あとは任せた！」

「ん、あとはやる」

樹さんと入れ替わるようにして、七夜先輩が前に出た。

彼女は機動服の手袋となっている部分を摑《つか》むと、邪魔だとばかりに投げ捨てる。

以前に見た十倍パンチの時にはなかった動きだ。

もしかして、さらに強力な技があるのか……？

俺が固唾をのんで見守っていると、七夜さんの目がカッと見開かれる。

「……百倍パンチ‼」

手袋を外し、露《あら》わになった肌がにわかに緋色《ひぃろ》の光沢を帯びる。

あれは、ヒヒイロカネか‼

あまりに貴重な素材の登場に、俺はたまらず目を剝《む》いた。

ヴェノリンドでは、神々の金属ともされている超貴重品である。

圧倒的な硬度と不滅と言われるほどの耐久性を誇り、さらにとにかく重い。

そうか、鉛《なまり》よりさらに重くて硬い金属なら威力も上がるってわけか……‼

「いける！」

あれが当たれば、あの吸血鬼を倒せる！
俺がそう確信した瞬間であった。
急に七夜さんがバランスを崩し、前のめりに倒れていってしまう。
——ズゥンと重い地響き。
拳の軌道は大きくずれて、フェムドゥスではなく洞窟の地面にクレーターをつくった。
「黒月さん⁉」
「おい、どうした！　……うっ！」
樹さんが急いで駆け寄ろうとしたところで、彼もまた胸元を押さえて倒れてしまった。
こんな時に、一体何が起きた⁉
二人とも急に倒れるなんて、あいつが何か仕掛けたのか？
いや、もしかすると……さっきの……。
俺の脳内である考えが浮かぶが、今はそれどころではない。
まずはフェムドゥスをどうにかしないと！
「……天は我に味方をするようだ。喰らい尽くせ‼」
フェムドゥスの翼から、無数のコウモリが飛び立った。
たちまち数名の討伐者が群れに呑まれ、悲鳴とともに血を吸われていく。
まさに地獄絵図というのが相応《ふさわ》しい状況に、討伐者たちも混乱に呑み込まれる。

「……撤退《てったい》だ!!」

「クッソ、あんな化け物がいるなんて聞いてねえよ!!」

ここでとうとう、戦線が崩壊《ほうかい》し始めた。

後方にいた討伐者たちから、次々にその場を離脱していく。

二十名ほどいた討伐者が、あっという間に俺たちを残していなくなった。

俺は七夜さんと樹さんを両脇に抱えると、どうにかフェムドゥスから距離を取る。

一方、まだ前線に残っていた神南さんはギュッと唇《くちびる》をかみしめた。

「もう無理か……!!」

「神南さん、俺たちも逃げましょう!」

「ダメ! 誰かが足止めしないと、あいつはすぐにみんなに追いつく!」

……確かに、神南さんの言う通りだ。

人間が走る速度よりも、コウモリが飛ぶ速度の方がよほど速いだろう。

加えて、俺たちは身動きの取れない七夜さんと樹さんを連れて行かねばならなかった。

ここで誰かが足止めしなければ、全員がやられてしまう。

「……発破用の爆薬があったでしょ、あれを使う」

「え?」

「あれの威力があれば、洞窟の一部を確実に吹き飛ばせるわ。それで奴を閉じ込める。モンスターはダンジョン内の物質を透過できないから」

なるほど、確かにあの特殊爆薬ならそれぐらいの威力はありそうだ。

だがそれは、足止めを担当する者もまた生き埋めとなることを意味している。

「そんなことしたら、残った人は確実に死にますよ！」

「だから、私がやる」

そう言うと、神南さんはすぐに資材の置かれている空洞の端《はし》へと走った。

あまりにも迷いのない行動だった。

どうしてそんなに簡単に、命を捨てるような決断ができるんだよ……！

俺はすぐさま身体強化魔法を発動すると、彼女に追いついてその手を掴む。

……こうなったら、覚悟を決めるほかない。

前世も含めれば、俺よりはるかに年下のはずの神南さんが死ぬのを黙《だま》って見ているわけにはいかなかった。

「……離して」

「そんなことしなくていい。俺が倒す」

「無責任なこと言わないで。できるわけないでしょ……‼」

「できるさ」

俺は神南さんにそう言うと、改めてフェムドゥスの方を睨《にら》みつけた。

おーおー、こちらが何もできないと思って高みの見物をしてたみたいだな？

吸血鬼らしく整った顔には、見下すような厭味《いやみ》ったらしい笑みが張り付いていた。

……すぐにこれから、吠え面《ほづら》をかかせてやるけどな！

「何をするつもりだ？」

「力を隠《かく》すのはやめだ。正々堂々、お前を叩《たた》き潰すことに決めた」

「どうやって？　我に同じ痛みは通用せんぞ？」

「簡単だよ。俺の魔法は千種類あるから」

そう言うと俺は、右手と左手にそれぞれ火と水を出現させるのだった——。

——○●○——

人の願望を具現化させる能力——イデア。

その性質ゆえに、どれほど優秀な討伐者であろうと手にできる能力は一種類。

それが世界の定めた法則であると、誰もが信じていた。

自他ともに認める天才討伐者の神南紗由とて例外ではない。

そうであるからこそ、彼女は自らに与えられた炎の能力を徹底的に磨《みが》き上げてきた。

鉄を蒸発させるほどの火力は、一朝一夕に生み出されたものではない。

しかし――。

「何なのよ、これは……!!」

火、水、風、土……。

両手から次々と様々な種類の攻撃を繰り出す天人。

そのあまりに異様な姿を見て、彼女の常識は崩壊しかかっていた。


――○●○――


「ウィンドショット！　フレイムショット！　ウォーターショット！」

身体の一部をコウモリに変え、攻撃を仕掛けてくるフェムドゥス。

俺も負けじと攻撃魔法を連打し、さながら赤い霧のようなそれらを撃退《げきたい》していく。

コウモリの数は無尽蔵《むじんぞう》に思えるほどだったが、それでも少しずつ数が減り始めていた。

「シャドウショット！　ホーリーショット！　ディメンションカット！」

五大属性から光と闇、さらには特殊属性に至るまで。

ここぞとばかりの大盤《おおばん》振《ぶ》る舞《ま》いである。

どうせもう、神南さんには力を見せると覚悟《かくご》を決めたのだ。

ここで出し惜しみする必要はまったくない。

　こうして途切れることなく魔法を繰り出し続ける俺に、いよいよフェムドゥスの顔色が悪くなっていく。

「ば、馬鹿な⁉　貴様、どれだけの能力が使えるのだ⁉」

「言っただろ？　千種類以上」

「そんなバカなことがあるか！」

　先ほどまでの余裕は崩れ去り、口調も乱暴になってきているフェムドゥス。

　流石に、眷属のストックが尽きつつあるようだ。

　ちなみに、フェムドゥスはまったく信じていないようだが、俺が使える魔法は本当に千種類以上ある。

　それも正確に数えたわけではなく、実際にはたぶんもっとたくさん使える。

　魔法使いにとって、手数の多さはすなわち力。

　いざという時に切れるカードが多ければ多いほど良い。

　前世のヴェノリンドでは、一流の魔導師ならば数百種類の魔法が使えるのは当たり前だった。

　まあ、それを基準にしても俺はかなり多い方だけど。

「そろそろ終わりにするか。お前、ぶっちゃけ能力と引き換えに耐久がめちゃ低いだろ？」

「ぐっ！　そんなことは……！」

「首元に傷ができてるぞ。普通の吸血鬼なら、その程度で傷がつくわけない」

魔法の余波で弾き飛ばされた小石。

それがフェムドゥスの肌を切り、ほんのわずかにだが血が流れていた。

それなりに位の高い吸血鬼が、この程度で傷つくなんて普通はあり得ない。

仮に傷ついたとしても、すぐに再生して傷跡《きずあと》も残らないだろう。

同じ技は二度と通用しないという特異な能力を得る代償《だいしょう》として、耐久が低いと考えるのが自然だ。

「勘がいいようだな！　だが、そう簡単にはやられぬぞ！」

そう叫ぶと、フェムドゥスの身体がコウモリとなって分散した。

さながら赤い嵐のような様相を呈したコウモリの群れは、勢いよくこの場から飛び去ろうとする。

位の高い吸血鬼のくせに、なかなかせこいやつだな！

「いくら貴様でも、こうなった我を捕まえることはできぬ！」

「甘く見るなよ。ディヴァインウォール‼」

「ぐおっ⁉」

縦横無尽《じゅうおうむじん》に宙を舞い、俺から逃げようとしていたコウモリの群れ。

その進路上に突如《とつじょ》として半透明の光の壁が出現した。

——光の上級魔法ディヴァインウォール。

限られた時間とはいえ、大型モンスターの侵入をも阻む結界はコウモリなど通すはずがない。

呆気《あっけ》なく壁に跳ね返されたコウモリの群れは、行き場を失い空洞の中で渦を巻く。

「おのれ……結界まで使えるのか……！」

「グラビティボール!!」

うねるコウモリの中心に、続いて黒い球状の魔力を撃ち込む。

――土の中級魔法グラビティボール。

土の魔力によって強大な引力を発生させ、あらゆるものを吸い込む魔法だ。

あくまで中級魔法であるため、実際のところそこまで引き寄せる力は強くないのだが、コウモリのような小型のモンスターに対しては効果絶大。

その様はまるで、掃除機が埃を吸い込むかのよう。

さらに身動きの取れなくなったコウモリたちへ、再び次から次へと攻撃魔法を撃つ。

「シャイニングレイン！　カオスイーター！　ソウルフレイム！」

「ぐおおおぉ……!!」

ダンジョン内の豊富な魔力を使って、機関銃よろしく撃ち出される魔法の嵐。

身体に負担はかかるが、外気法を使う限りは魔力切れの心配はほとんどなかった。

これを受けて、コウモリ状態のままではまずいと判断したのだろう。

群れが寄り集まり、フェムドゥスの肉体が瞬時に再構築された。

「こうなれば、貴様を潰すのみ!!」

怒りに顔を歪《ゆが》め、こちらに向かって一気に突っ込んでくるフェムドゥス。

翼を折り畳み、風を斬《き》って迫るその姿は、さながら弾丸のよう。

しかし、こうやって本体が突撃してきてくれるのはかえって好都合だ。

「かかったな！　これで終わりだ！」

俺はミスリルのナイフを抜くと、周囲の魔力を刃先へと集中させた。

周囲の膨大《ぼうだい》な魔力が一か所に集積し、ナイフ全体が真っ白に輝く。

それはさながら、太陽の光を凝縮したようだった。

その切っ先を、向かってくるフェムドゥスに対して、十字に切る。

「ホーリークロス!!」

「うぐあぁっ!!!!」

あまりの魔力に耐えかねて、砕け散るミスリルのナイフ。

同時に白い光が放たれ、フェムドゥスの身体が呑み込まれた。

爆発、閃光《せんこう》。

焼けつくような光に、俺はたまらず目を抑える。

「……ふぅ、片付いたな」

数十秒後。

フェムドゥスだった何かを見下ろしながら、つぶやく。

――光属性の最上級魔法ホーリークロス。

外気法によってさらに威力が底上げされたそれは、一撃でフェムドゥスの身体を吹き飛ばした。

もともと、爵位《しゃくい》持ちの吸血鬼でも仕留められる魔法である。

耐久力に劣るフェムドゥスでは、ひとたまりもなかったらしい。

というか、もうちょっと弱くてもいけたなたぶん。

まぁ、ミスリルのナイフをぶっ壊すというサブテーマがあったのでいいのだけど。

「あとは……」

フェムドゥスも片付いたところで、俺はすぐに倒れていた樹さんと七夜さんの元へと戻った。

そして彼らの口元に耳を寄せて呼吸音を確認する。

……意識はまだないが、とりあえず容体は安定しているようだな。

俺はすぐさま彼らの胸に手を当てると、治癒魔法を使う。

柔らかな光が二人の身体を包み込み、苦しげだった表情がいくらか穏《おだ》やかになった。

「これで一安心かな」

「すごい……」

俺の背中を見ながら、神南さんが惚《ほう》けたように呟いた。

フェムドゥスを一撃で吹き飛ばしたのは、相当に衝撃的な光景だったらしい。

しかし、流石はリーダーを任されただけのことはあるというべきか。

彼女は大きく息を吸い込むと、いくらか落ち着きを取り戻す。

「えっと、桜坂君だったわよね？」

「はい、そうです」

「……まずはありがとう。あなたがいなかったら、間違いなく殺されてた」

そう言うと、神南さんは深々と頭を下げた。

……素直じゃない人だと思ってたけど、こういうところはしっかりしてるんだな。

俺は神南さんの人物像について、少しだけ考えを変える。

「あとでお礼はきちんとさせてもらうから。それはそれとして……」

「俺の能力についてですよね」

「ええ、はっきり言って異常よ。あれは何？」

しおれたような様子から一変して、普段の気の強さを垣間《かいま》見せる神南さん。

あー、まあこうなるのも当然だわな。

俺も気分が乗って、ちょっと景気良く魔法を使いすぎたし。

ぐいぐい詰め寄ってくる神南さんに圧を感じつつも、気持ちは理解できるだけになかなか強く拒絶することもできない。

もしこれが逆の立場だったら、俺も絶対に知りたいと思うしなぁ。

前世で賢者と呼ばれていた頃なら、多少強引なことをしてでも聞き出そうとしたかもしれない。

「企業秘密ってわけにはいきませんか？」

「討伐者がイデアを開示しないのは、まぁよくあることだけど……」

「そうだ。なら、俺のことを調べないのがお礼ってことでどうです？」

「……そう言われると、私の立場じゃ何も言えないじゃない！」

思いっきり嫌そうな顔をしつつも、神南さんはゆっくりと引き下がっていった。

目下の危機は回避したってことだろうか。

何だかんだ、礼儀を知っている人で良かったよ。

「どうしても、その能力を隠したいってことは分かった。ただそうなると、上にどうやって迷宮主を倒したって説明すればいいのか……」

「神南さんが倒したってことにはできませんか？」

「……できるけど、いいの？　人型の迷宮主を討伐したとなれば、かなりの名声が得られるわよ。報奨金《ほうしょうきん》だって出るかもしれない」

「あんまりそういうのは興味ないので」

名声を得るのが悪いことだとはもちろん思わない。

けれど、同時に有名税という言葉もある。

前世の俺も、賢者として名を馳《は》せたせいで苦労したことは多かったからな。

見ず知らずの人間が親戚を名乗って金を借りに来たり、勝手に俺の名前を使った粗悪な魔法薬が大々的に売り出されたり……。

特に隠し事のない前世でもこれだったのだから、秘密のある現世で有名になるのはあまりにもリスクが高すぎる。

「……討伐者には珍しいタイプね」

「そうですか？　目立ちたくないって人は結構いると思いますけど」

「討伐者に必須のイデアは、人間の願望が具現化した能力っていわれてる。具現化するほど強い願望を持ってる人間なんて、だいたい我《が》が強くて目立ちたがり屋なのよ」

言われてみれば、討伐者って個性的な人が多いような気がするな……。

目の前にいる神南さんなんて、まさに「我が強くて目立ちたがり屋」に該当しそうだし。

七夜先輩とかも、口数が少ないだけで割と頑固《がんこ》なところがある。

あくまで仮説にすぎないのだろうけど、何となく説得力のある話だ。

「……とにかく、俺は平穏に暮らしたいんですよ。このご時世、変な力があるってわかったら面倒になるのは目に見えてるので」

「……わかった。助けられた恩もあるし、隠蔽《いんぺい》に協力するわ」

「助かります！」

そう言って頭を下げたところで、洞窟の壁や床がにわかに淡い光を帯び始めた。

突然のことに、すぐさま身構えてしまう。

「なんだ……⁉　まさか、また何かが来る……⁉」

「違うわ。もしかして、ダンジョンを攻略するのは初めて？」

「ええ、まあ。これまで管理ダンジョンに潜《もぐ》っていたので」

管理ダンジョンというのは、意図的に攻略せずに人間が管理下に置いているダンジョンのことである。

基本的にそこしか行ったことのない俺は、ダンジョンの攻略に立ち会うのはこれが初めてだった。

攻略されたダンジョンは消滅すると聞いていたが、これがそうなのか……！

壁や床が光の粒子へと還っていく様は、神々しいと同時に少し恐ろしくもある。

神南さんは特に何も感じていないようだが、俺たちの周囲では膨大な魔力が唸っていた。

どうやら、ダンジョンを構成していた物質が魔力へと還元《かんげん》されているようだ。

「そろそろ来るわね」

「来る？」

問い返した瞬間、視界が強烈な光に呑まれた。

そして、ダンジョンに入った時のような独特の浮遊感が襲ってくる。

それが一瞬にして収まると、遥《はる》か青空が見えた。

「……ここは、さっきの基地？」

「何とか、戻ってこれたわね」

こうして俺たちの合同討伐は、無事とは言い難いがどうにか終わったのだった。

第六話 後処理

「二人とも、お元気そうで何よりです」

合同討伐《とうばつ》から数日後、俺《おれ》は鏡花《きょうか》さんと一緒に市の郊外《こうがい》にある病院を訪れていた。

七夜《ななよ》さんと樹《いつき》さんのお見舞《みま》いのためである。

二人とも俺がすぐに治癒《ちゆ》魔法を掛けたのだが、念のため検査入院していたのだ。

「身体には特に異常がないらしい。もう一日だけ様子を見て、明日退院だそうだ」

「良かった……。どんな毒物を使ったのか、分かりませんでしたからね」

「ったく、赤井《あかい》もとんでもないことしてくれたもんだぜ」

はぁっと大きなため息をつく樹さん。

二人が倒れた原因は、赤井から貰《もら》った唐揚《からあ》げに毒が入っていたのだろうと推測《すいそく》されていた。

ダンジョンに入ってから、二人が共通して口にしたものはそれだけだったのである。

物的証拠は残念ながら見つかっていないが、赤井が合同討伐後に行方《ゆくえ》をくらませたのでほぼ確実だ。

思えば赤井のやつ、俺が唐揚げを食べないと言った時に変な顔してたもんなぁ……。

あの時はノリの悪さに苛立《いらだ》っただけだと思っていたけど。

「どうも赤井君、ダンジョンの事前調査のデータも改竄《かいざん》していたようなのです。どうやら、迷宮主の推定脅威度《きょういど》を大幅に下げていたようで」

「つーことは、実際にはあのダンジョンはもっとカテゴリーが上だったってことか？」

「消滅したので断言はできませんが、カテゴリー3はあったでしょうね」

「……それはひどい」

眉間《みけん》に皺《しわ》をよせ、渋《しぶ》い顔をする七夜さん。

彼女がここまで顔を曇《くも》らせることはなかなか珍《めずら》しかった。

その瞳《ひとみ》の奥には、静かに怒りが燃えているようだ。

「カテゴリーの偽装《ぎそう》って、そんなにヤバいんですか？」

「2と3では全く違う。特に今回みたいに、迷宮主の強さに特化してるパターンは危険」

「3になると厄介《やっかい》な能力持ちの主が出現するようになるのです。一段階ですけど、違いはすごく大きいのですよ」

うわぁ……それを偽装するなんて、相当の悪意がなければできないな。

赤井のやつ、どうしてそんなことまで……。

鏡花さんたちもそのことを疑問に思ったのか、俺の方を見て尋《たず》ねてくる。

「桜坂《さくらざか》君、赤井君について何か詳しいことは知りませんか？　同級生だったんですよね？」

「……そうなんですけど、別にそこまで仲が良かったとかはなくて。その、討伐者と一般生徒で結構距離があったっていうか」

「あー、まあそうなりがちだわなぁ」

納得したようにうんうんと頷《うなず》く樹さん。

七夜さんもそれに同調して、なるほどと小さく呟《つぶや》く。

やはり、討伐者と一般人の間の溝《みぞ》というのはよくあることらしい。

特に高校生なんて、些細《ささい》な違いでいじめが起きたりしがちだしな……。

「小さなことでもいいので、何かなかったりしないのです？」

「どうして、そんなに動機が気になるんだ？　どうせ、ヤマトがあいつを雇《やと》ったんだろ？」

「ヤマトも関わってはいると思うのですが、それだけだと説明がつかないのですよ」

「というと？」

「これだけのことをすれば、討伐者としては生きていけなくなります。ですが、ヤマトが嫌がらせのためにそれだけの謝礼《しゃれい》を出すとはとても」

討伐者を続けていれば、年収一千万円は堅い。

うまくやればもっともっと稼《かせ》ぐこともできるだろう。

まして、赤井は大手カンパニーであるナイトゴーンズに所属していた。

生涯《しょうがい》年収で考えれば、十億近くになるかもしれない。

それだけの将来性を棒に振るのに十分な謝礼となれば、かなりの額だろう。

たかだか嫌がらせのために出す金額としては、あまりにも多い。

「そうなると、ヤマトの他に黒幕がいるってことか?」

「その可能性は高いですね」

「いずれにしても、いつか必ずぶっ飛ばす。千倍パンチ」

ベッドの上で、シャドーボクシングのような動きをする七夜さん。

冷静な彼女には似つかわしくない、感情むき出しの行動である。

危うく殺されかけた身としては、そりゃ赤井に対して腹が立つわなぁ。

俺だって、一刻も早く赤井を見つけ出して一発ぶちかましてやりたいところだし。

知り合いの立場を利用して近づいてきたうえで、裏切るなんて。

どんな事情があるかは知らないが、ほんとに勘弁してほしい。

「……ああ、そうです! ミスリルナイフの代金が無事に振り込まれたのですよ」

ここで、重くなってしまった空気を変えるように鏡花さんが告げた。

おお、まだ一週間も経《た》ってないのにもうお金を振り込んでくれたのか!

流石《さすが》は日本有数の大手カンパニー。

神南《かんなみ》さんの口添《くちぞ》えがあったとはいえ、バラバラに砕《くだ》けたナイフをあっさり補償《ほしょう》してこんなに早く振り込んでくれるとは。

お金ってあるところにはたくさんあるんだなぁ。

「やったじゃねえか。これで、一千万は入ったのか？」

「ええ。ちょうど一千万円で買い取ってもらえたのですよ。うち、カンパニーの取り分が三百万円なので桜坂君の手取りは七百万円ですね」

「七百万……!!」

あまりに大きな金額に、俺はめまいがしそうになった。

人生を変えるには十分な金額である。

いったい何に使おう……？

引っ越し資金に使うのは決定として、残りは全て貯金でいいだろうか。

でも、こんな大金を手にすることなどめったにないだろうし。

どうせなら、普段使わないものに使ってみるのもありな気がするな……！

せっかくならと、あれこれ夢が膨《ふく》らんでいく。

「……幸せそう」

「七百万円ですからね、七百万円！」

「……うちの会社も、これで少し余剰《よじょう》資金ができたのですよ。そうだ、せっかくですし二人が退院したらみんなで美味《おい》しいものでも食べに行きませんか？」

「お、いいねえ！　是非いこう！」

「皆さんがんばったので、今回は特別に会社の奢《おご》りなのですよ」

ニコッと笑う鏡花さん。

あー、でも俺だけおいしいものを食べに行くのは那美《なみ》に少し申し訳ないな。

けど、ここで打ち上げの話を断るのもなんか違う気がするし……。

俺が少し困った顔をすると、七夜さんが不思議そうに尋ねてくる。

「どうかしたの？」

「いや、俺だけ美味いものを食べるのも那美に申し訳ないなって」

「妹さんでしたっけ？　それなら、連れてきてもいいのです！」

「おぉ、流石は鏡花社長！　ありがとうございます！」

「ふふふ、いいお店を予約するので期待するのです！」

グッと親指を上げる鏡花さん。

それから数日後、俺たちは打ち上げと快気祝いを兼ねた宴会《えんかい》を開くのだった——。


——○●○——


「うわ……すごいとこですね！」

鏡花さんの予約してくれた打ち上げ会場。

そこはビルの上層階にある高級焼肉店だった。

展望台さながらの大きな窓からは、中心街の夜景を一望《いちぼう》することができる。

……こんな超高級店を訪れるのは、前世で貴族《きぞく》たちと会食をした時以来だろうか。

ついつい、場違いではないかと周囲の様子をうかがってしまう。

「ほんとにここで、打ち上げやるんですか？」

「ええ、そうですよ」

「いいんですか？　社長の奢りって言ってましたけど……」

今日の打ち上げに参加するのは、鏡花さん自身を含めて計五名。

店の雰囲気《ふんいき》からすると、一人三万ぐらいしてもおかしくないから……十五万ってことか？

うっそだろ、一回の食事で会社員の月給が消える計算だぞ!?

「大丈夫ですよ。桜坂君のおかげで、経営も上向いてきたので」

にっこりと笑う鏡花さん。

流石はカンパニーを経営している社長さんだ。

庶民《しょみん》根性全開の俺たちとは、感覚が根本的に違うらしい。

「なかなかいい店じゃねえか」

「わわわ……!!　超高そうなお店だ……！」

店員さんに席まで案内してもらおうとしたところで、遅れてきた樹さんと那美が合流した。

樹さんは普段と変わらない様子だが、那美の方は緊張《きんちょう》でガチガチになってしまっている。

前世での経験がある俺と違って、那美は本当にこういう場所が初めてだもんなぁ……。

ファミレスですら、ほとんど経験がないはずだ。

「今泉さんと……あなたは那美ちゃんですか？」

「おう、ビルの入り口で会ってな。どの店か探してたから、連れてきた」

「天人《あまひと》の妹の那美です！　兄がお世話になっております！」

「こちらこそ、お兄さんのおかげで助かっているのです」

にこやかな笑みを浮かべながら、丁寧《ていねい》な挨拶《あいさつ》をする鏡花さん。

一方の那美は、緊張した様子で鏡花さんに頭を下げるとすぐに俺へと近づいてくる。

そして周囲を見ながら困惑したように耳打ちをしてきた。

「どうしよう、お兄ちゃん！　こんな高級店だと思わなくて、いつもの服を着てきちゃった！」

「え？　別にいいんじゃないか？」

いつもの服と言っても、別にジャージを着てきたわけではない。

周囲と比べて特に浮いたような様子はなかった。

しかし、那美はブンブンと頭を振ってそうじゃないという。

「ほら、こういうお店ってドレスコードとかあるんじゃないの!?」

「ああ、そっか」

「大丈夫、このお店はそういうのないから」

慣れた様子で告げる七夜さん。

それを知っているということは、前にもこのお店に来たことがあるってことだろうか？

流石は詩条《しじょう》カンパニーでも筆頭クラスの討伐者、稼ぎが全然違うんだなぁ。

そんなことを考えているうちに、俺たちは店員さんに案内されて予約していた席へと移動する。

そこはちょうど窓際《まどぎわ》で、景色を見ることのできる特等席だった。

高層階から見下ろす市街地の夜景は、星をちりばめたようで美しい。

きらめく夜景に、たちまち俺も那美も目を奪《うば》われる。

「うわぁ……すごいよお兄ちゃん！」

「ああ、俺もこういうところは初めてだ……」

「ふふふ、ここは夜景が自慢《じまん》なのですよ。デートとかにも向いてるのです」

「デートですか。俺の場合は、まず相手を探さないとですねー」

「私とかでもいいのですよ」

「えっ⁉」

「ふふふ、冗談なのです。はいどうぞ」

そう言って、鏡花さんが笑いながらメニュー表を回してくれた。

どうやら、俺に注文の主導権を回してくれるつもりのようだ。

俺は予期せぬ冗談に顔を赤くしつつも、さっそくそれを受け取る。

さて、一体何を頼もうか？

ワクワクしながら目を走らせると、すぐに値段に愕然《がくぜん》とする。

「うお……!?」

「どうしたの、お兄ちゃん」

「五千円する特上カルビがある……!!」

盛り合わせではない、特上カルビ単品で五千円である。

もしかして五人前とかなのではと思うが、そんなこともない。

正真正銘《しょうしんしょうめい》、特上カルビが一人前で五千円だ。

おいおい、この間までの俺たち兄妹の食費一週間分だぞ……！

他にも、単品で三千円を超えるようなメニューがずらりと並んでいる。

「……とりあえず、カルビ五人前とタン塩五人前を頼みますか」

「む、わかってないのですよ」

「え？」

そう言うと、鏡花さんは俺の手からメニュー表を奪ってしまった。

そして店員さんを呼ぶと、こう注文する。

「特上カルビ五人前と特上タン塩五人前、お願いします！」

「え、ちょ、ちょっと⁉」

俺が止める間もなく、店員さんは歩いて行ってしまった。

ここで鏡花さんが、何やらしたり顔で言う。

「桜坂君が本当に頼みたかったのは特上ですよね。でも遠慮して、普通のにしてしまった」

「ええ、まあ……」

「それは良くないのです。贅沢《ぜいたく》するときはきちんと贅沢する、それが普段節制するコツなのですよ。今日は頑張《がんば》った桜坂君へのご褒美《ほうび》も兼ねているので、なおさら遠慮はいらないのです」

腕組みをしながら、満足げにうんうんと頷く鏡花さん。

そういえば、鏡花さんって社長なのに会社でよくのり弁を食べていたりするもんなぁ。

普段節約している人が言うと、なかなかに説得力のある言葉だ。

……今日ぐらいは、お言葉に甘えて遠慮《えんりょ》なく食べさせてもらうか。

こんな機会、この先あるかどうかもわからないしな！

「特上カルビ五人前と特上タン塩五人前です！」

ちょうどいいタイミングで、お肉が届いた。

俺はさっそく、箸《はし》でタン塩を二枚摑《つか》む。

「ふふふ……。那美、お兄ちゃんはこれから禁忌《タブー》を犯すぞ……！」

「ええっ？」

「禁断のタン塩二枚重ねだ!!」

俺は二枚のタン塩をロースターで軽く炙《あぶ》ると、そのまま口へ運んだ。

うおお、これが真の贅沢というやつか……!!

口いっぱいに広がるジューシーな肉汁。

そして、タン特有の歯切れのよい食感。

うめえ、こんなうまいもの食べたことねえ……!!

あまりのおいしさに、俺はしばらく目を閉じて味を堪能《たんのう》するのに没頭した。

すると――。

「お兄ちゃん、私はさらなる領域へ行くよ……!」

「なに、まさか……!!」

「タン塩三枚重ね!」

我が妹ながら、何という挑戦的なことを……!?

一枚五百円はするタン塩を、三枚重ねて喰《く》らうだと……!!

あまりの暴挙に俺が驚《おどろ》いていると、那美は大きな口でパクっと食べてしまう。

「んんん~~~!!!!」

目を閉じて、心底幸せそうな顔をする那美。

見ているこちらまで、どこかいい気分になってくる。

「ふふふ、遠慮はいらないのですよ。追加注文しますか？」

こうしてお肉がだいぶ減ってきたところで、追加注文を促《うなが》す鏡花さん。

俺たちが何にしようか迷っていると、ここで樹さんが言う。

「……じゃあ、そろそろ俺たちは酒を貰おうかな」

「ん、私はビール」

「黒月《くろつき》さん、あんまり飲み過ぎないでくださいよ」

「平気、私は強いから」

こうして、酒盛《さかも》りを始めた大人たち。

どこの世界でも、みんなお酒は好きなんだなぁ……。

楽しげに杯を交わす姿が、前世の冒険者たちと少し重なって見えた。

俺もあと二年生まれるのが早ければ、参加できたんだけど。

キンキンに冷えたビール、めちゃくちゃうまそうだ。

肉の脂《あぶら》をサッとアルコールで流すのが最高なんだよなぁ……。

「んん？　こんな時間に誰でしょう？」

ここで急に、鏡花さんの胸ポケットから着信音が聞こえてきた。

彼女はすぐにスマホを取り出すと、画面をフリックして顔をこわばらせる。

「え、ええ……!?」

「どうしたんですか?」

「神南さんが、ナイトゴーンズを辞めたそうです……!」

え、ええ⁉

思いもよらぬ展開に、俺は思わず噴き出しそうになってしまうのだった。

閑話　社長と討伐者

時は遡《さかのぼ》り、天人《あまひと》たちが打ち上げを始める一時間ほど前。

神南紗由《かんなみさゆ》はナイトゴーンズ本部の最上階にある執務室《しつむしつ》へと呼び出されていた。

「報告書を見させてもらった。これは事実かね？」

白いスーツに身を包んだ初老の男。

年の頃は、五十代後半から六十歳といったところであろうか。

髪の大半は白く、目尻にはしわが刻まれている。

一方で、しっかりと伸びた背筋と鋭いまなざしは年齢的な衰《おとろ》えを感じさせない。

彼の名は天堂宗次郎《てんどうそうじろう》、このナイトゴーンズの代表であった。

「事実と言いますと？」

「君はこの人型迷宮主を自身の手で倒したとしているが……。私にはそうは思えない」

そう言うと、天堂は手を顔の前で組んでやや前のめりな姿勢を取った。

その目は紗由の顔をまっすぐに捉え、些細な変化も見逃すまいとする。

明らかに、紗由のことを疑《うたが》っている様子だ。

しかし、彼女もこうなることは事前にある程度予想していた。

軽く息を吸うと、落ち着いた顔で答える。

「間違いなく私が倒しました」

「どうやって？　敵の迷宮主は一度受けたイデアを無効化する能力があったそうだが？」

「はい、非常に強力な能力でした。ですが、強力であるが故《ゆえ》に弱点があったのです」

「というと？」

「制限時間です。敵が能力を無効化できるのは、数分間だけでした」

まったくのでたらめを、さも真実のように語る紗由。

これは天人の能力を隠《かく》すと決めた際、彼女が考えた嘘《うそ》であった。

しかし、フェムドゥスは倒されダンジョン自体も消滅してしまっている。

嘘を嘘だと証明するような証拠は絶対に出てくることはない。

「再使用はすぐにできない能力だったのかね？」

「そのようです。戦闘中に、急に敵が距離を取って姿を隠そうとしたため能力の概要《がいよう》に気付きました。強力な能力は時間制限があることも多いので」

「ふむ……」

紗由の説明に、これといって不審《ふしん》な点はなかった。

しかし、言葉の端々《はしばし》にわずかなためらいのようなものがある。

付き合いが長いがゆえにわかる、わずかな変化だ。

天堂はそこに少なからぬ疑念を抱いたが、今となっては追及のしようがない。

代わって、今度は赤井《あかい》のことを尋《たず》ねる。

「ひとまず、迷宮主のことについては置いておこう。それよりも、問題は赤井の件だ」

「はい。最後に彼が目撃されたのが、初ケ瀬《はつがせ》ダンジョン消滅から三十分後。自宅マンションのエントランスで住民に挨拶《あいさつ》をしたそうです」

「時間的に、ダンジョン消滅から即座に自宅へ直行しているな」

「ええ。そのおよそ二十分後にうちの職員が彼の家を訪問したのですが、既《すで》にもぬけの殻《から》でした。あらかじめ、荷物を持ち出せるようにしていたようです」

「完全に計画的な犯行というわけか……」

ふぅっと大きなため息をつく天堂。

自らの組織に裏切り者が交じっていたことは、彼にとって何よりも許し難いことであった。

紗由も赤井に対しては思うところがあり、天堂の手前、できる限り平静を保っているが目には怒りが浮かんでいる。

「警察とも共同で調べていますが、自宅マンションを出て以降の足取りは全く不明。推測《すいそく》ですが、かなり大きな組織が彼を匿《かくま》っているのではないかと」

「今でも日本警察はそれなりに優秀だ。その捜査を掻《か》い潜《くぐ》れる組織となると……ごく限られてくる」

名前を出すことは避《さ》けたが、天堂も紗由もそのような組織には一つしか心当たりがない。

日本国防総軍——通称、国防。

国内の急速な治安悪化とモンスターの脅威《きょうい》を背景に、ここ三十年で急拡大した組織である。

その規模は米軍に匹敵《ひってき》するほどにまで膨《ふく》れ上がり、権力も絶大。

総理の首を挿《す》げ替《か》えるほどの力があるとすらいわれている。

彼らはダンジョン攻略を事実上独占している討伐者を快《こころよ》く思っておらず、隙《すき》あらば潰《つぶ》そうと活動を続けていた。

「いずれにせよ、今回の一件で我々は出鼻をくじかれた。今後の高難易度ダンジョン攻略、ひいては第二次首都奪還《だっかん》作戦の発動は大幅に遅れるだろう」

「……責任は痛感しております」

「君は赤井君の教育担当でもあっただろう？」

「そのとおりです」

唇《くちびる》を強く噛《か》みしめる紗由。

赤井がナイトゴーンズに入った際、教育担当を任されたのが彼女であった。

それだけに、彼の本質を見抜けなかったことへの悔恨《かいこん》は並大抵のものではない。

強く握《にぎ》りしめた拳《こぶし》が、震《ふる》える。

「今回の件の責任を取って、君には一か月の謹慎処分《きんしんしょぶん》を下す。この間、ダンジョン探索は一切禁止だ」

起こされてしまった事態のわりに、あまりにも軽い処分。

すかさず、紗由は天堂に言う。

「……天堂社長、それではぬるいです」

「どういうことかね？」

紗由はいささかぎこちない動作で、懐《ふところ》から封筒を取り出した。

その表には大きく『辞表』と記されている。

たちまち、天堂の目が大きく見開かれた。

「……本気か？」

「はい。組織を危険に晒《さら》した責任は取ります」

「君はまだ若く優秀だ。ナイトゴーンズには、君のような人材が必要なのだよ」

「けじめはきちんとつけさせてください」

「この私の判断に従えないというのかね？」

天堂の表情がにわかに険《けわ》しさを増した。

日本有数の大手カンパニーを束ねる支配者としての一面が、表に出たのだ。

その帝王を思わせる威圧《いあつ》に、紗由は物理的な圧迫感すら覚えつつも反論する。

「なぜだ、どうして辞める？　今回の件で居心地が悪くなったというなら、すぐに異動させてやる」

「……そういうところが嫌なんです」

「嫌だと？」

冷静さを捨て、感情を露《あら》わにし始めた天堂。

一方の紗由も、すぐさま負けじと言い返す。

「今回、亡くなった方のお葬式に社長は出られましたか？」

「忙しかったので秘書に代行させた。何か問題でもあるかね？」

「いいえ。ですが、私が病院で検査を受けた際には時間を割いて見舞いに来ましたよね？」

「ああ、君はこのカンパニーにとって重要な人材だからな」

まだまだ組織に貢献《こうけん》する若い討伐者と既に事件で亡くなった者の遺族。

将来性を考えれば差をつけるのは当たり前だと言わんばかりに、天堂は特に悪びれる様子もなかった。

情の通わない徹底した実力主義。

それが彼の強みであり、また畏《おそ》れられる要因でもあった。

「私は社長のことを人間的に好きになれません。今までもうすうす感じていましたが、今回の件ではっきりしました。もう、付いていけません」

辞表を執務机の上に叩《たた》きつける紗由。

ドンッと音がして、しばしの沈黙《ちんもく》があった。

やがて天堂はそれにゆっくりと手を伸ばすと、改めて紗由の顔を睨《にら》みつける。

「……ナイトゴーンズを辞《や》めるということは、討伐者を続けられなくなるということだと思え。私が手を回せば、君を締《し》め出すなど簡単なことだ」

「ご随意《ずいい》に」

そう言うと、紗由は深々と礼をして執務室を後にした。

後に残された天堂は、苛立ちを露わにしながらも辞表を胸元に収める。

鏡花《きょうか》たちに天堂から連絡が回されたのは、そのすぐあとのことであった。

第七話　新居と新入社員

「あの神南《かんなみ》さんが、ナイトゴーンズを辞《や》めた……⁉」

思わぬ鏡花《きょうか》さんの言葉に、騒然《そうぜん》とする俺《おれ》たち。

あれだけの騒動《そうどう》だったので、何かしらの責任は取らされるだろうと思っていたが……。

まさか、カンパニーを辞めさせられるところまでいくとは想定外だった。

「まぁ、今後につながる重要な合同討伐《とうばつ》だったからな。なくはないのか……？」

「赤井《あかい》の裏切りを予期できなかった責任もあるし、あり得ない話じゃない」

「いえ、どうもカンパニー側から辞めさせたのではなく本人の方が辞めると言った？」

鏡花さんも予想外だったのか、語尾が疑問形になってしまっていた。

ナイトゴーンズといえば、日本でも有数の大手カンパニー。

そこらの中小企業を辞めるのとはわけが違う。

一体何がどうしてそうなったんだ？

皆が混乱する中、鏡花さんがさらに話を続ける。

「とにかく、辞める時に結構揉《も》めたみたいですね。ナイトゴーンズの天堂《てんどう》社長名義で、神南さんが来ても雇《やと》わないでくれとメールも来てます」

「うわぁ……。圧力ってやつですか?」

「ええ。うちは零細《れいさい》過ぎてあまりつながりもないので、そこまで関係ないですけど」

自虐するように笑う鏡花さん。

うちとナイトゴーンズとの繋《つな》がりなんて前の合同討伐ぐらいだもんな。

ミスリルナイフを買い取ってもらった恩はあるが、逆にいえばそのぐらいしかなさそうだ。

ここで、神南さんのことを知らない那美《なみ》が俺に尋《たず》ねてくる。

「……お兄ちゃん、その神南さんって誰?」

「この間、合同討伐ってのに参加しただろ? その時のリーダーだった人」

「へえ、どんな人なの?」

「この子よ」

話を聞いていた七夜《ななよ》さんが、そっとスマホを差し出してきた。

その画面には七夜さんと神南さんの二人が仲良く収められた写真が表示されている。

顔見知りっぽい雰囲気《ふんいき》はあったけれど、この二人って一緒に写真を撮《と》るような仲だったのか。

俺が二人の関係性に驚《おどろ》く一方で、那美は神南さんの姿を見て目を輝かせる。

「うわ、すっごい美人! 女優さんみたい!」

「中身は見た目と違ってキツイけどな」

「あれがいいって人もいる」

「そりゃそういう趣味の男だろ。俺はごめんだな」

「……あの、二人って何かあったんですか？　この写真、ずいぶんと仲が良さそうな感じですけど」

俺がそう言うと、七夜さんは何かを確認するように鏡花さんへと目を向けた。

すると鏡花さんは笑いながら首を縦に振る。

「別に言っても構いませんよ。そのうち分かることですし」

「わかった。これは私が、炎凰《えんおう》にいた頃の交流会で撮った写真」

「炎凰⁉」

七夜さんの口から出た名前に、思わず声が大きくなった。

炎凰といえば、東日本に大きな拠点《きょてん》を持つ有力なカンパニーである。

規模ではナイトゴーンズなどに一歩劣《おと》るが、討伐者の質では上をいくとされる。

最強のカンパニーはどこかという議論には、必ず登場する超ビッグネームだ。

言われてみれば、七夜さんの実力は合同討伐に集まった面子《めんつ》でも目立っていたけれど……。

まさか、そんな俺でも知っているような有名どころに所属していた過去があったとは思わなかった。

「黒月《くろつき》さんって、すごいひとだったんですね……！」

「当然」

「でもどうして、ここへ来たんですか？」

「言いたくない」

気持ちがいいぐらい、きっぱりと俺の疑問を断ち切る七夜さん。

こう言われてしまっては、こちらとしては取り付く島もない。

経緯《けいい》は非常に気になるけれど、そういうものとして受け入れるしかないなぁ。

まあ、どんな過去があろうと七夜さんは七夜さんだし。

「ひょっとしたら、神南さんもうちに来るかもなぁ」

「あり得る」

「あはは、ないのですよ。うちみたいな零細に来る理由がないのです」

そう言って笑う鏡花さん。

一方、七夜さんはじぃっと俺の顔を見つめてくる。

「神南さんは、たぶん新人君に興味を持ってるから」

「俺にですか？」

「ええ」

七夜さんは妙に自信ありげな顔をした。

……まさか、俺が魔法を連打して迷宮主と戦うのを見ていたのか？

でもあの時、七夜さんは間違いなく意識を失っていたはずだ。

それならどうしてこんなことを……。

俺が内心で動揺《どうよう》していると、那美があっけらかんとした様子で尋ねる。

「どうして、お兄ちゃんに興味を？」

「最後まで前線に残ったから。あの子はそういうタイプが好き」

「なんだ、そういう理由ですか……」

「ん？　他に何か思い当たることでもあるの？」

「な、何でもないです!!」

いけないいけない、藪蛇《やぶへび》になるところだった。

迷宮主との戦闘があったため、半《なか》ばうやむやになってはいるが……。

七夜さんもまた、俺が複数の能力を使えることを知っている。

下手なことを言うと、迷宮主を俺が倒したという事実にたどり着きかねない。

「それより、えーっと……。そうだ、お金が入ったので家を借りようと思うんですけどいい不動産屋さんを知りませんか？」

「不動産屋さんですか？」

「はい、社長なら顔も広いかなって」

流れを切り替えようと、無理やりひねり出したにしては自然な話題だった。

話を振られた鏡花さんは、顎先に指を当てて少し考え込む。

「そういうことなら、ちょうど知り合いにいるのですよ」

「本当ですか？」

「ええ、さっそく連絡してみますね」

そういうと、すぐさまスマホを取り出してメールを送り始める鏡花さん。

こういう動きの早さは、まさしくできる経営者といった感じである。

そして彼女はあっという間に不動産屋さんとのアポを取ってしまう。

「今度の土曜日に時間が取れるそうです。空いてますか？」

「俺は問題ないですね。那美は？」

「私も空いてるよ」

「じゃあそれで、約束しちゃいますね！」

こうして今週の土曜日、俺と那美は家の内覧《ないらん》に行くことが決まったのだった。


――○●○――


約束の土曜日。

「ここは討伐者の方にも人気がある物件ですよ。セキュリティもしっかりしてます」

俺は鏡花さんに紹介してもらった不動産屋さんと一緒に、マンションの内覧に来ていた。

今住んでいるアパートから車で十分ほどの場所にある二十階建ての物件である。

いわゆるタワーマンションと呼ばれるタイプの建物だ。

外観《がいかん》はもちろんのこと、エントランスには御影石《みかげいし》のタイルが敷き詰《し》められていて風格がある。

俺たち兄妹にとっては、ちょっと場違いなくらいだ。

「さあ、どうぞ！」

不動産屋さんに案内されるまま、エレベーターへと乗り込む。

そうしてたどり着いたのは、マンションの八階。

高層階というほどでもないが、周囲に高い建物がないのでなかなかに見晴らしがよかった。

住宅街を一望するのはもちろんのこと、遠くに中心街のビルがうっすらと見える。

「こちらのお部屋です。中はもう掃除されていますよ」

「おおぉ……!!　広い！」

「すごいな、こりゃ」

ドアを開くと、すぐに廊下《ろうか》の先にある広々としたリビングが目に飛び込んできた。

この部屋だけで、これまで暮らしていたアパートよりもよっぽど広そうだ。

十五畳《じょう》ぐらいはありそうな感じである。

広々とした大きな窓から日差しが降り注ぎ、何とも心地が良い。

さらにリビングの隣《となり》には対面式の大きなキッチンが備えられていた。

「見て！　このコンロ、三口もあるよ！　しかもオール電化！」

「ほんとだ、うちの一口コンロとは大違いだな」

「シンクも大きいし、作業スペースもこれだけあれば何でも置けるね！」

「あー、今まではラックで作業してたもんな」

もともと俺たちの暮らしていたアパートは、基本的に単身者向けの物件である。

そのため自炊をあまり想定していなかったのか、キッチンは狭くまな板すら置けなかった。

なので那美は、ラックを買ってそれを作業スペースとして利用していたのである。

けれどこのキッチンならば、そんなことしなくても収納も作業スペースもたっぷりある。

「あとは……おお、ウォシュレットだ！」

「お兄ちゃん、このお風呂追《お》い焚《だ》きがついてる！」

家のあちこちを探検して、そのたびに喜びの声を上げる俺たち。

何から何まで、これまでのアパートとは全く違う。

まさか、俺たち兄妹がこんなマンションに住めるかもしれないなんて。

数か月前どころか、一か月前にも全く想像しなかったなぁ。

本当に、前世の記憶さまさまだ。

「……いいお部屋ですね！」

「気に入っていただけて何よりです」

「あとはその……お家賃はおいくらで？」

これだけの物件となると、やはり気になるのが家賃である。

駅から徒歩十分ぐらいのマンションだし、築年数だってまだ浅い。

相当にお値段が張るのではないだろうか？

俺もそこそこ稼《かせ》いではいるが、あんまり高いのは……。

「十五万円です」

「じゅ、十五⁉ 前の三倍以上⁉」

「はい。ですが、このぐらいが相場ですよ。むしろ、タワータイプのマンションとしては割安です」

俺がそこまで驚くと思っていなかったのか、不動産屋さんは少し戸惑《とまど》ったようだった。

十五万円が相場というのは、恐らく本当の話なのだろう。

うーん、十五万、十五万か……。

今の俺の収入からすれば、十分に払える金額ではある。

けど、そんなに一気に生活水準を上げてしまっていいのか？

一度上がってしまった生活水準は、なかなか下げられないっていうし……。

何となく罪悪感があるんだよなぁ。

「桜坂《さくらざか》様、もしかしていいお部屋に住むことに抵抗感がありますか？」

やがて俺の心情を悟ったように、不動産屋さんが切り出してきた。

俺が軽く頷《うなず》きを返すと、彼はそうですかと語り出す。

「うちにもたまに、収入が急に増えたからと良いお部屋を借りに来られる方はおられます。特に、アーティファクトを見つけた討伐者様などが多いですね。確かにそういった方は、思うように稼げなくなった際に困ることが多いのですが……。桜坂様はきっと大丈夫ですよ」

「どうしてですか？」

「詩条《しじょう》社長のお話を聞く限り、桜坂様の収入はかなり多い方でしょう？　それで二人暮らしと考えるとこのお部屋は十分身《み》の丈《たけ》に合っているかと。お金を使うことは決して悪いことではありませんよ」

お金を使うのは悪いことではない、か。

確かにその通りだな、ずーっと貯めっぱなしにしていても仕方がない。

節約するのは大事だが、使うべき場面では使うべきだ。

セキュリティのことを考えると、ある程度グレードの高いマンションの方が安心もできる。

よし、ここは思い切って……！

「借ります。那美も、このお部屋でいいよな？」

「うん。ここなら高校も近いし、言うことないよ」

「では、会社に戻ったら正式に契約しましょう。よろしくお願いします」

「はい、こちらこそ！　……ふぅ、緊張《きんちょう》した」

ガラにもなく大きな契約《けいやく》を決めたので、少し緊張してしまった。

月に十五万だと、年間で百八十万円になるんだもんなぁ……。

十年で千八百万円と考えると、すごく大きな金額である。

俺がほっと息をつくと、不動産屋さんが笑いながら言う。

「ははは、買うんじゃないんですからもう少し気楽に」

「すいません、根が小市民なもので」

「討伐者として活躍《かつやく》されていれば、きっとすぐに慣れると思いますけどね」

「いえいえ！　しかし、いい部屋を借りたなぁ」

ピカピカのフローリングを見て、改めて満足感に浸《ひた》る。

そうしていると、那美がギュッと俺の手を掴《つか》んだ。

「お兄ちゃん、ありがとう！　こんないい家に住めるなんて思わなかったよ！」

「ああ、俺もだ」

「これからも二人で、もっともっと頑張《がんば》ろうね！」

「そうだな！」

こうして兄妹二人で決意を新たにしたところで、内覧を終えてマンションを後にしようとした。

だがここで、俺たちの目の前に思わぬ人物が現れる。

「……桜坂君？」

「……神南さん？」

どこかしょんぼりとした顔でエントランスに戻ってきた少女。

それは紛れもなく、あの神南さんであった。

——○●○——

「うわぁ……すご……！」

神南さんとばったり遭遇《そうぐう》した俺たち兄妹は、二人そろって彼女の家に呼ばれていた。

まあ、女の子の部屋に俺だけを呼ぶってのも変だからそれも当然か。

こうして案内された神南さんのお部屋は、なんとマンション最上階の角部屋。

内装も俺たちの部屋より格段にグレードが高く、天井の間接照明が非常におしゃれだ。

さらに広々としたリビングには大きなテーブルとソファが置かれていて、まさに成功者の家という感じがする。

お金持ちってきっと、こういう部屋から街を見下ろしながらワインを飲むんだろうなぁ。

「ブルジョワだぁ……」

「那美、よく目に焼き付けておくんだぞ。これが成功者の景色だ」

「……大袈裟《おおげさ》ねえ。ここ、家賃八十万ぐらいだからあなたでも借りられるでしょ？」

「八十万⁉ いやいやいや、すごいですよ‼」

「そうだよ、それ去年までのうちの年収だよ！」

二人して、神南さんの言葉を強く否定する俺たち兄妹。

この豪邸《ごうてい》が大したことないなんて、絶対に間違っているぞ……！

面積はともかく、豪華《ごうか》さなら前世で見た貴族の家にも負けないぐらいだし。

「うちの年収って大袈裟な……。そこのお茶、飲んでいいから」

「ありがとうございます！」

「にしても、まさか同じマンションなんてね」

「俺の方こそびっくりしました。そういえばここ、討伐者に人気ですもんね」

ナイトゴーンズなどといった大手のカンパニーは、広い敷地《しきち》が必要なため市の郊外《こうがい》にある。

そして、郊外でそれなりに高級なマンションはごく限られていた。

そのためこのマンションの高層階は、収入のある討伐者からは結構人気なのだろう。

「……ま、私はすぐにここを出ることになるかもしれないけど」

「何かあったんですか？」

「聞いてない？　私がナイトゴーンズを辞めた件」

そう言うと、彼女はテーブルの上に乱雑に書類を広げた。

いずれも、カンパニーに関するパンフレットや求人広告といったものである。

「もしかして、再就職が上手くいってないんですか？」

「………甘く見てた」

そう小さく呟《つぶや》く神南さんの表情は、非常に深刻で切羽詰まっているようだった。

ここを出ることになるかもしれないというのは、ここの家賃を払えなくなるということだろうか。

いくら合同討伐失敗の責任があるとはいえ、この歳で無職は流石《さすが》に厳《きび》しいな……。

「ま、自分で選んだことだから仕方ないけどね」

「討伐者、続けられそうですか？」

「わからない。最悪、貯金もあるし何とかなるわよ」

そう言って笑顔を見せる神南さんだったが、その目の奥は暗かった。

強がったところで、将来への不安を全く隠《かく》し切れていない。

他に道はあるといっても、やはり彼女にとって討伐者であることは重要なのだろう。

ナイトゴーンズのエースだったのだ、青春の大半を訓練に明け暮れてきたことは想像に難《かた》くない。

その暗さを那美も察《さっ》したのか、俺の手を握《にぎ》ってささやく。

「ねえ、お兄ちゃん」

「なんだ？」

「神南さんを、お兄ちゃんのカンパニーに入れてあげられないの？」

「……うーん」

那美の提案に、俺はたまらず渋《しぶ》い顔をした。

詩条カンパニーは今、ヤマト金属の嫌がらせによって人手不足に悩まされている。

そこへ神南さんのような討伐者が加わってくれるなら、願ったり叶《かな》ったりだろう。

しかし、ナイトゴーンズとの関係性がなぁ……。

わざわざ怪文書じみたメールまで回してきたぐらいだ。

最悪の場合、取引停止ぐらいにはなるだろうな。

「神南さんって、どうして討伐者になったんですか？」

「……なに、急に」

「いえ、少し気になって」

神南さんの目を見て、真剣な顔をする俺。

すると、ふざけているわけではないことが分かったのだろう。

彼女はふうっと息を吐くと、真面目《まじめ》な顔をして語り出す。

「……そうなれって望まれたから」

「望まれた？」

「ええ。私ね、十歳の頃にイデアが発現したの。で、その頃からずーっと親に討伐者になれって言われてきた。私の両親はお金に苦労した人だったからさ、娘に稼いでほしかったんでしょうね」

エリート中のエリートで、悩みなんてなさそうに見えた神南さんにそんな過去があったのか。

重々しい口調で語る彼女に、俺は前世での出来事を思い出す。

ヴェノリンドでは、まだ幼《おさな》い子どもに過酷な鍛錬《たんれん》を課す親なども数多くいた。

ひどい場合だと、まだ十歳にも満たないうちからモンスターと戦わせるようなこともある。

鍛え上げて、手っ取り早く冒険者として稼がせるためだ。

そうした無茶な修行をさせられた子どもの大多数は耐えきれずに潰《つぶ》れたが、中には類《たぐい》まれな実力を身に付ける者もいた。

恐らく神南さんは、後者の部類だったのだろう。

けれど、そういった類の強者たちは――。

「でも、その親も三年前に亡くなっちゃった。それからはお世話になった天堂社長のために働いてきたんだけど……。社長も人のことを駒《こま》としてしか見てないんだなって、最近分かって」

「………………」

「ま、討伐者の仕事自体は結構好きだったからいいんだけどさ」

そう言うと、神南さんは気分を切り替えるようにパンッと手を叩いた。

彼女はキッチンへと向かうと、戸棚から大きな金属製の箱を取り出してくる。

「もらったお菓子があるから、これでも食べましょ。せっかくうちに来たんだし、ゲームでもやってく？　新型機買ったのよね」

「あの、神南さん」

「どうかした？」

「……詩条カンパニーに来ませんか？」

俺の申し出に、神南さんの顔が固まった。

さながら、時が止まったかのようだった。

しかし彼女はすぐに再起動を果たすと、戸惑ったような顔をして言う。

「どうしてよ？　私を入れれば面倒なことになるわよ」

「このまま放っておけないって思って」

「なんで？」

「神南さんみたいなタイプの人は、何もしないと必ず壊《こわ》れますから」

前世で多くの人々と出会い、たどり着いた結論であった。

神南さんのように、戦う意義を他者に依存《いぞん》していた人はその相手がいなくなると脆《もろ》い。

このまま放置しておけば、近いうちに抜け殻《ぬがら》のようになってしまう。

圧倒的な力を持ちながらも、腐ってしまった者を俺は前世でたくさん見てきた。

だからこそ、神南さんにはそうなってほしくない。

「……詩条に入れば、マシになるの？」

「討伐者を続けながら、自分なりに戦う意味を見つけるんです。少なくとも、今いきなり討伐者を辞めるよりはずっとマシなはずです」

「戦う意味、か」

しばし考え込むような仕草《しぐさ》をする神南さん。

ここで、那美が意を決したように言う。

「……私たちを家に招いたのも、人に相談したかったからじゃないですか？　この部屋を見てるとわかります、神南さんってそうそう家に人を呼ぶタイプじゃないですよね？」

「そんなことないわよ。友達多いし」

「でもそこにおいてあるゲーム、全部一人用ですよね」

「あー……」

言われてみれば、テレビの前においてあるゲームソフトは全部一人用だな。

流石は那美、実によく見ている。

それに反論できなかった神南さんは、観念したようにふうっと大きなため息をついた。

やがて彼女は、ささやくような声で言う。

「……わかったわ。詩条への紹介、お願いします」

深々と頭を下げる神南さん。

俺は彼女に対して、黙《だま》って手を差し出すのだった。


――○●○――


「ま、まさか本当に神南さんが来るなんて！　びっくりなのですよ！」

翌日。

さっそく事務所を訪れた神南さんを見て、鏡花さんは腰を抜かしそうなほど驚いた。

打ち上げの場ではいろいろ言っていたが、本当にやってくるのは予想外だったらしい。

まあ、俺もたまたまマンションで会わなければこうはならなかったしな。

鏡花さんが驚くのも、当然といえば当然だ。

「それで、どうでしょうか？　働かせていただけますか？」

「……ありがたいお話なのです。神南さんのような方がうちに入ってくれれば、心強いのですが……」

「ナイトゴーンズとの関係がネックですか」

「ええ……。うーん……」

鏡花さんは軽く腕組みをすると、しばし考え込む。

詩条カンパニーは万年人手不足で、のどから手が出るほど人材が欲しい。

だが、ナイトゴーンズからの圧力もそう簡単に無視できるものではないのだろう。

揺れる彼女の心情を表すように、その身体も左右に揺れた。

するとここで、神南さんが言う。

「少し、話をさせてもらっていいですか？」

「いいですよ」

「……私は今まで、周囲に言われるがまま戦ってきました。そして、戦う意味を考えようともしませんでした。でも今は違います。自分がどうして戦うのか、自分なりに答えを見つけたいんです」

滔々《とうとう》と語る神南さん。

その目はどこか吹っ切れたように、迷いがなかった。

「天堂社長が私を雇わないようにと圧力をかけていることも知っています。ですがどうか、どうか……もう少し、私を討伐者でいさせてください。迷惑はかけません、必ずこの詩条カンパニーに貢献《こうけん》してみせます」

それだけ言うと、すがるような目で鏡花さんを見つめる神南さん。

俺も彼女に続いて、深々と頭を下げた。

詩条カンパニーに来ないかと誘ったのは俺だ、彼女が入れるようにする責任がある。

鏡花さんからの心証が悪くなろうと、折れるわけにはいかない。

そして――。

「……分かりました。採用するのですよ」

「ありがとうございます！」

「うちも人手不足で困っていたところですから。ただし、特別扱いはしないのでそのつもりで！」

「……そこは問題ありません。むしろ、しないでください」

採用と言われて安心したのか、ほっと胸を撫《な》で下ろす神南さん。

彼女は俺の方を見ると、ニヤッとわざとらしい笑みを浮かべて言う。

その瞳には、いつもの強気と自信が戻りつつあった。

先ほどまでとはまるで別人だ。

「そういうわけで、よろしく」

「ええ、こちらこそ」

神南さんが差し出してきた手をゆっくり握り返す。

何はともあれ、入社した以上は同じカンパニーの仲間だ。

これからも仲良くしないといけないな……と思ったところで。

神南さんが急に俺の耳元でささやく。

「そうそう、あなたの秘密は黙っておくから」

「えっ？」

思わずドキッとしてしまう俺。

それを見た神南さんは、してやったりとどこか楽しげな笑みを浮かべる。

弱気な自分を見られたことへの意趣返《いしゅがえ》しか何かのつもりだろうか？

ったく、どこまでも素直じゃないというか何というか……。

俺が呆《あき》れていると、何を勘違いしたのか鏡花さんがくすりと笑いながら言う。

「二人とも、仲が良さそうなのですよ。いっそ、チームを組むのはどうです？」

「チームですか？　俺が？」

鏡花さんの申し出に、思わず変な声が出てしまった。

研修が終わってからというもの、俺はずーっとソロで討伐者をやってきたのである。

その方が魔法を隠すうえでも、何かと都合が良かったし。

それを急にチームを組めなんて言われても……。

「桜坂君も入社して日にちが経《た》ちますし、そろそろ管理ダンジョン以外へ入ってもいい頃かと。

ですが、管理ダンジョン以外のダンジョンは基本的にソロだと危険なのですよ」

「で、私とペアを組ませようと？」

「はいなのです。研修担当の黒月さんは今泉《いまいずみ》さんとペアを組むことが多いですし、今いる社員さんは既《すで》にグループができている場合が多いので」

「ああー……」

新入りで今のところ溢《あふ》れている俺は、同じく新入りの神南さんと組めということか。

なるほど、鏡花さんの言い分も一理あるな……。

けど、俺はやっぱりソロの方がなぁ……。

いろいろと秘密も抱えてるし、一人の方が楽なのだ。

「管理ダンジョン以外って、入らないとダメですか？」

「いえ、ダメってわけではないのですが……」

「基本的に、新しいダンジョンじゃないとアーティファクトとか見つからないわよ？　討伐者で一番おいしいのはそこなのに」

「そうなのです。あと、新規ダンジョンの攻略はモンスター災害発生の抑止《よくし》って面もありますので」

あー、ダンジョンは早めに攻略するか管理下に置かないとモンスターが溢れるんだったな。

また住宅街にドラゴン出現なんて起きたら洒落《しゃれ》にならないし、仕方ないか……。

神南さんには、すでにフェムドゥスと派手に戦ったところを見られているしな。

秘密を一つ隠すのも、二つ隠すのもそこまで違いはないか。

基本的に秘密は守る人のようだしな。

「わかりました」

「私も異存ないわ」

「じゃあ、これから二人はペアなのです！」

こうして、神南さんとペアを組むことになった俺。

俺の討伐者生活に新たな仲間が加わるのだった。

閑話　裏切り者の最後

「ご苦労様、よく帰ってこれました」

コンクリート打ちっぱなしのひどく殺風景《さっぷうけい》な部屋。

調度品の類《たぐい》はほとんど置かれておらず、部屋の隅に申し訳程度に置かれた観葉植物が物悲しい。

さらに照明は薄暗く、デスクに置かれたモニターの光だけが煌々と光っていた。

ナイトゴーンズの追跡《ついせき》をかろうじて逃れた赤井《あかい》は、ここで白衣を羽織《はお》った女と対面していた。

黒髪を長く伸ばした女の顔は、つくりが小さく日本人形のよう。

ある種の完璧さすら感じる造形美を誇っていたが、そこに宿る光はどこか剣呑《けんのん》だ。

「所長のおかげでどうにか。ナイトゴーンズの連中が思ったより早く動いたので焦《あせ》りましたよ」

「資料はすべて回収した？」

「もちろん。パソコンもタブレットも、物理的に破壊しときましたし」

「それは良かった。では、これが今回の分の報酬《ほうしゅう》」

デスクに手を入れると、金の延べ棒を取り出す女。

現金が珍《めずら》しくなったこの時代、履歴を残したくない取引は貴金属で行われることがほとんどだった。

「ヤマトからの謝礼、時価で五百万円相当よ」

「ありがとうございます！」

「これで高飛びでもすればいい。海外までは連中も追わないだろうから」

そう言うと女は、話は終わったとばかりに椅子に座って作業を始めた。

驚《おどろ》いた赤井は、慌《あわ》てて彼女に詰め寄る。

「あの、ちょっと待ってください！　事が成功したら、俺《おれ》を雇《やと》って匿《かくま》ってくれるって話じゃありませんでしたか？」

「ええ、成功したらそうするって約束した。でも失敗したでしょう？　今回の合同討伐《とうばつ》を失敗させるのが、私があなたに依頼した任務だったはずよ」

「実質的にあの討伐は失敗した！　俺の作戦は上手くいったんだ！」

声を張り上げ、反論する赤井。

彼の言うことも、あながち間違いではなかった。

大戦力を投入したにもかかわらず、カテゴリー2のダンジョン攻略で複数の犠牲《ぎせい》を出してしまった。

これは失敗と言っても過言ではなく、事実、責任者であった神南紗由《かんなみさゆ》はカンパニーを辞《や》めている。

しかし、女は全く聞く耳を持たない。

「迷宮主は倒され、ダンジョンは消滅した。何といっても、この事実は変わらない。ナイトゴーンズ側も、犠牲が出たことは問題視しつつも高難易度ダンジョン攻略に向けて既《すで》に動き出してる」

「そんなのは表向きだ」

「表向きが重要なの。とにかく、今回の作戦であなたは期待通りの成果を挙げられなかった。だから、約束していた報酬は支払われない。簡単な理屈でしょう?」

子どもに言い聞かせるようにゆっくりとした口調で言う女。

だが、赤井もはいはいと引き下がるわけにはいかない。

再雇用の話が吹っ飛べば、彼は行く当てが全くなかった。

もう討伐者に戻ることもできないし、他の仕事に就くことも絶望的だ。

多少の金を手にしたところで、行き詰まるのが目に見えている。

「お願いします! 俺が今まで、どれだけ所長に尽くしてきたか……!」

「その分の報酬はきちんと支払ったでしょう? それに、どこの病院にも見放されたあなたのお母さんの病気を治したのは誰だった?」

「……所長です」

「あの時の治療代、少なく見積もって数億はかかってるけど返せるの?」

「いつか必ず！」

「いつかじゃ遅いのよね。討伐者なんていつ死ぬか分からないんだし」

それを言われると、赤井もすぐには言い返せなかった。

女は何も言えずに口ごもる彼に対して、淡々と言う。

「わかったら、さっさと部屋を出て。気が散る」

「……クッソォ!!」

ここで赤井が、とうとう暴力に訴えた。

彼は女の胸ぐらをつかむと、そのまま天井近くまで持ち上げてしまう。

女性とはいえ、片腕で軽々と持ち上げるのは討伐者の身体能力の為せる業だった。

「最初からこうすれば良かったんだ。所長、このまま首を絞められたくなければ俺の要求を呑《の》め」

「……めちゃくちゃね。そんな脅《おど》しに、私が従うと思う？」

「従わなければ、あんたが死ぬ」

「……いざとなれば、暴力に訴えればどうにかなる。これだから討伐者は嫌いなのよ」

胸ぐらをつかまれ、高々と持ち上げられているというのに女の表情には余裕があった。

――こいつ、俺が本気じゃないと思っているな？

とっさにそう感じた赤井は、いよいよ空いていた左手を女の首へと伸ばす。

しかしその指先が、首筋《くびすじ》に触れた瞬間――。

「あーあー、マジなんだ。それなら、私もやるしかないね」

女がそうつぶやいた瞬間、その拳《こぶし》が赤井の腹に突き刺さった。

内臓をえぐり取るような重い一撃。

赤井は口から血を吐くと、たまらず女を掴《つか》んでいた手を放す。

「馬鹿な……あり得ない……！」

いくらイデアが非戦闘系とはいえ、討伐者の身体能力は常人をはるかに超える。

それを一発で戦闘不能寸前にまで追いやる女の力は、明らかに常軌《じょうき》を逸《いっ》していた。

もしや、機動服のようなもので補助を受けているのか？

赤井はそれを疑うが、女の着ている服は薄っぺらな白衣だけのようだ。

「どう？　その気になればいつでも殺せると見下してた女に、殺されそうになる気分は」

「あんた……討伐者だったのか……」

「野蛮人どもと一緒にしないで。私はあくまで普通の人間よ。普通のね」

「どこが…………うぶぁっ!!」

血を吐いて倒れている赤井の身体を、女は容赦《ようしゃ》なく蹴《け》り上げた。

たちまち壁に叩《たた》きつけられた彼は、もはや息をしているのがやっとの状態にまで追い込まれる。

今の一撃で肋骨《ろっこつ》の一部が折れて、内臓が傷ついてしまった。

「ギリギリ死ななかったか。いいでしょう、赤井君。その粘《ねば》り強《づよ》さに免じて、あなたを特別に雇ってあげます。うちの特別試験体として」

そう言うと、にこやかな笑みを浮かべる女。

彼女はそのまま、虫の息の赤井を担いでどこかへ連れて行くのであった。

第八話　カンパニーの新たな課題

「ウォーターショット!!」

人を丸呑《の》みするほどの巨大なトカゲ。

その岩のような肌に水の弾丸を撃ち込むと、俺《おれ》は即座に神南《かんなみ》さんとスイッチした。

準備万全、炎の刃《やいば》を構えていた彼女は瞬時にトカゲとの距離を詰める。

「吹っ飛べ!!」

燃え上がる刃が一閃《いっせん》。

紅《あか》い軌跡《きせき》が描かれた瞬間、トカゲの皮膚が爆発した。

水弾によって皮膚に染み込まされた水分が、猛烈な熱量に晒されて爆発を起こしたのだ。

水蒸気爆発というやつである。

たちまち岩のような皮膚の一部がはがれ、白い肉が露《あら》わとなる。

そこへすかさず――。

「はあぁ!!!!」

トカゲの頭上まで飛び上がり、袈裟《けさ》に刃を振るう神南さん。

焔《ほむら》の刃は正確無比に傷口に刺さり、肉に深々と食い込む。

そして一瞬の抵抗の後、トカゲの首が両断された。

神南さんはそのまま綺麗《きれい》に着地を決めると、ふうっと額《ひたい》に浮いた汗を拭う。

「これで五体目か。まさか、ロックリザードがこんな簡単に狩れるなんて」

「こいつの鱗《うろこ》、熱には強いですけど爆発には弱いですから」

「だからってそんな簡単に対抗手段を用意できないのよ。本当に、あんたのイデアってチートよね」

そう言って、どこか呆《あき》れたような顔をする神南さん。

普通、イデアは一人につき一種類。

いかに厄介《やっかい》なモンスターが相手とはいえ、その都度弱点を突くようなことは難しいのだ。

それに対して、俺の魔法は千種類以上。

それぞれのモンスターに対して、最適とはいかないまでもある程度合理的な手段で叩《たた》ける。

「神南さんの焔の刃も半端《はんぱ》じゃないですけどね。それだけの熱量をずーっと出し続けられるなんて」

「まあね、でも暑くて耐えられないから連続使用は五分が限界よ」

ミネラルウォーターを飲みながら、苦笑する神南さん。

魔法を使うと魔力を消耗《しょうもう》するのだが、何とイデアはそういった消耗がほとんどないらしい。

ただし、膨大《ぼうだい》な熱量を扱うのであまりに長時間だと本人の肉体がもたないらしいが。

日々、魔力のやりくりを考えている俺からすればこちらもこちらですごいと思う。

「っと、もう四時か。そろそろ出ましょ」

時計を見た神南さんが、ハッとしたように告げた。

いつの間にか、もうそんな時間になっていたのか。

開放型のダンジョンは一見して屋外のようだが、昼夜の変化がないからなぁ。

つい時間を忘れて狩りをしてしまうが、早く戻らないと那美《なみ》に心配をかけてしまう。

「主《ぬし》の討伐《とうばつ》は明日にしますか」

「ええ、それでいいと思う。ダンジョンの状態は安定してるから、そこまで緊急じゃないし」

迷宮主の討伐を明日と決めて、ダンジョンの出口へと向かう俺と神南さん。

こうして俺たちはカンパニーへと戻るのだった。


――○●○――


「すごいのですよ！　今日一日で、なんと五十万円を超えたのです！」

俺たちが提出した魔石の鑑定《かんてい》を終えて、興奮気味に言う鏡花《きょうか》さん。

おぉ、これまでの最高記録が出たな……!!

二人で五十万円ということは、一人で二十五万円ってことか。

一か月分の月収にも相当する金額を、たった一日で稼《かせ》いでしまった。

我ながら金銭感覚が狂ってしまいそうだが、一方で神南さんはどこかつまらなそうだ。

「ま、カテゴリー2だとこんなもんか」

「いやいや、すごい金額じゃないですか！　これが一か月続いたら、月収五百万超えますよ！」

「だって私、魔石だけで一日に二百万ぐらい稼いだことあるし」

「……マジですか？」

俺はとっさに、神南さんではなく鏡花さんへと視線を走らせた。

第三者の意見が欲しいと思ったためである。

すると彼女は、苦笑しながら言う。

「そうですね、カテゴリー3の本格攻略とかならあり得るのですよ」

「す、すごい……」

「流石《さすが》に、常にってわけではないけどね。でも、カテゴリー4に潜《もぐ》るS級なら多い日は一千万ぐらいいくかも」

「あー、S級ならそうですね」

マジか、S級ってそういうレベルなのか……。

ちょっと、くらくらしてきてしまった。

俺もいつかそのぐらい稼げるように……いや、そんなに稼いだところで使い道が思いつかないな。

預金通帳の桁《けた》が増えるのを眺《なが》めるだけになりそうだ。

「……とりあえず、二人が頑張《がんば》ってくれるおかげで会社にも余裕が出てきたのですよ」

「おぉ、それは良かったです！」

「あとはもう少し、人が戻ってきてくれるといいのですけど」

事務所の中を見渡して、小さくため息をつく鏡花さん。

そういえば、いつも社長しかいないのに事務所には机がいくつか置かれていた。

昔は何人か事務員さんがいて、全体の社員数ももっと多かったのだろうか？

「これぱっかりは地道に増やすしかないんじゃない？」

「そうですねえ、ビラでも配るのですよ」

「あとは、動画配信でもしてみるとか？　そういうの流行《はや》りだし」

「あ、それならもうやっているのですよ」

そう言うと、鏡花さんはタブレットを取り出して動画投稿サイトを開いた。

検索エンジンの会社が運営している世界でも最大手のところだ。

見れば『詩条《しじょう》チャンネル』というチャンネル名とともに社章が表示されている。

うちのカンパニーも時代の流れに乗ってるんだなぁ。

「へえ……。って、登録者三十人？」

「む、馬鹿にしてますね！　三十人だって、なかなか大変なんですよ！　頑張ってるのです！」

「そうは言ったって、仮にもカンパニーの公式チャンネルなのよ？　少なすぎじゃない？」

呆れるようにそう言うと、動画をクリックしてさっそく中身を確認する神南さん。

すると――。

『詩条カンパニー社歌、歌ってみた！』

年季の入ったワードアートのような文字が表示され、続いて動画の中の鏡花さんがノリノリで歌い始めた。

もともとの曲を知らないので、その歌唱力については評価できないのだが……。

間違いなく、言えることはある。

「「こりゃだめだ」」

「えええっ⁉」

俺と神南さんが揃って発した一言に、鏡花さんはたちまち凍《こお》り付く。

「な、何でですか！　流行りの歌ってみたですよ！」

口を尖《とが》らせ、ちょっとムキになって反発する鏡花さん。

彼女なりに自信のある動画だったらしい。

まぁ、素人としてはけっこう頑張っている……のだろうか？

歌詞のテロップが、すごくカラオケっぽいのが気になるところだが。

「そりゃ、チャンネルの初めての動画がよくわからない歌の歌ってみたじゃ伸びないわよ。しかも、三百六十五日働きましょうって歌詞、下手すりゃ炎上するわよ」

「んぐ⁉　それはまあ、否定できないですけど！　実際はブラックじゃないので平気です！」

確かに、実際の詩条カンパニーはそういった面でのブラックさはないのだけれど、そういう問題ではないんだよなぁ……。

俺たちは呆れつつも、チャンネルの別の動画を見てみる。

「えっと、次のは……ラムネコーラ？」

「はいなのです！　当時大流行していたのですよ！」

社歌を歌ってみたの次は、ラムネコーラやってみたという動画であった。

噴き出すコーラを前に、パチパチと手を叩く鏡花さんがどことなくシュールな映像である。

歌ってみたの次がこれなのは、何というか、いろいろとすごいことになってるな。

神南さんも似たようなことを感じているのか、表情が渋《しぶ》い。

「さらにその次は……ガチャガチャを全部買ってみた？」

「ええ、駅前で大きなガチャガチャの機械を見つけたので！　これも流行りなのです！」

「……そういう動画はよく見るけど、統一感がなさすぎ。だいたいこれ、カンパニーの公式チャンネルなんでしょう？」

動画の一覧を指さしながら、吠《ほ》える神南さん。

歌ってみた、ラムネコーラ、ガチャガチャの買い占め、大食い、ゲーム実況……。

とにかく、その時に流行っていたものに全力で乗っかったという印象だ。

神南さんの言う通り、統一感もないしすごく個人チャンネルっぽい。

というか、今の今まで俺たちはこの会社の公式チャンネルがあることすら知らなかったし。

これじゃあ、鏡花さんの個人チャンネルと何も変わらない。

いや、はっきり言って個人チャンネルとみても微妙な感じだな……。

「で、でもどうすればもっと受けるっていうんですか？」

「そりゃ、カンパニーなんだからそれにちなんだ配信でもしたら？　ダンジョン攻略の様子を配信してみるとかさ」

「そうはいっても、モンスターを撮影できる機材は高くて……あっ！」

「どうしたんです？」

「黒月《くろつき》さんもチャンネル開いてるのですよ」

動画サイトをチェックしていた鏡花さんが、驚《おどろ》いた顔で告げる。

あの七夜《ななよ》さんが？

彼女が動画投稿をする姿がとても想像できなかった俺と神南さんは、すぐにタブレットを覗《のぞ》き込んだ。

すると『ツッキーのもぐもぐチャンネル』なるチャンネル名が目に飛び込んでくる。

七夜さんには似合わないファンシーな感じだが、ツッキーというのはハンドルネームだろうか。

「これは……おにぎり？」

「どのサムネイルも、似たような感じですね」

たくさん並んだサムネイルは、どれも七夜さんがおにぎりを手にしたものばかりだった。

合同討伐の日も食べていた、あのサイズ感がバグったような特大おにぎりである。

試しに一つ開いてみると、七夜さんがおにぎりを両手で抱えてひたすら食べているだけだった。

しかも、食べる合間に七夜さんがトークをするといったこともない。

幸せそうな顔で、ただひたすらでっかいおにぎりを貪っているだけだ。

「食べてますね」

「ええ、もぐもぐしてるだけ……？」

「あ、でもこれ見てください！　再生数が……三万⁉」

再生数を見て、驚愕する鏡花さん。

まさかと思ってみると、確かに「３１２４５回」とか表示されている。

うっそだろ、おにぎりを食べてるだけの動画で三万再生って何なんだ⁉

思わず何か精神系の魔法でもかかっているのではないかと疑うが、特にそんなこともない。

というか、よく見たらチャンネルの登録者自体も二万人を超えている。

31245回
491
今日のお昼ごはん
ツッキーのもぐもぐチャンネ
286動画
に表示
ツッキーといいます。
ブックマーク
高評価
シェア
チャンネル登
ライブ
再生リスト

「な、な、な……⁉　どうしてこんなチャンネルが⁉」

「このチャンネル、本当におにぎりを食べるだけだけどそれが逆にコアな需要を摑《つか》んでるんだわ。再生数にかかわらず、毎日投稿を続けた成果ね」

「わ、わからない……！　動画配信の世界がまったくわからないのです……⁉」

困ったように天を仰《あお》ぐ鏡花さん。

俺も、おにぎりを食べるだけの動画の良さが分からなくて少し困惑してしまう。

確かに神南さんの言う通り、毎日のように動画を更新しているのはすごいと思うのだけど……。

一方で、神南さんは落ち着いた様子で言う。

「ま、動画業界ってこういうものだから。バズってみるまで分からないところもあるし。けど、カンパニーでチャンネルを持つってこと自体は悪くない発想だと思うわよ。それで超大手までのし上がったところもあるぐらいだし」

「そんなとこあるんですか？」

「カンパニー経営してるのに知らないの？　大阪《おおさか》の千鳥《ちどり》ってところ」

俺と鏡花さんは揃って首を横に振った。

就職活動に必要だったので、タブレット自体は昔から持っていたのだが……。

家の通信環境が最悪で、動画視聴どころじゃなかったからなぁ。

鏡花さんもきっと、カンパニー経営が忙しかったのだろう。

「モンスターを撮影できる特殊な機材を投入して、ダンジョン攻略の様子を撮影して配信してんの。それが大ウケして、今や登録者一千万人の巨大チャンネルよ」

「いっせんまん⁉　そ、そんなに⁉」

あまりの規模に、顎《あご》が外れそうになっている鏡花さん。

すっごいな、日本の十人に一人以上の割合で登録してる計算じゃないか。

七夜さんの二万人でびっくりしていた俺たちとはまさに次元が違う。

「ダンジョンって日本にしか存在しないからね。それだけで海外の人が登録するみたい」

「でも、ダンジョン攻略の様子を撮影なんて危なくないんですか？　カメラさんとか連れていく余裕なかなかないですよね」

「ええ。だから、最近は自前の管理ダンジョンに機材設置したりして使ってるみたいよ」

「自前？」

「ダンジョン局と契約《けいやく》すれば、管理ダンジョンの権利をひとつのカンパニーで独占することができるのですよ。ただ、規模の小さいダンジョンでも年間数億かかるので普通はやらないのです」

管理ダンジョンを独占したところで旨味《うまみ》は薄いと続ける鏡花さん。

別にわざわざ独占しなくても、空いているダンジョンはたくさんあるからなぁ。

オンラインゲームの狩場《かりば》などと違って、極限まで効率を上げるなんてことも難しいし。けど、配信をするとなると自前でダンジョンを持つ方が効率的なようだ。

「そもそも、千鳥の社長は財閥の御曹司って話だしね。資金力が違うのよ」

「あはは……。うちじゃとても無理ですね」

「ナイトゴーンズでも、千鳥の勢いを見て真似《まね》しようとしたんだけど失敗したぐらいだしね……」

そう語る神南さんの口調は、やけに重苦しかった。

過去によほど大きな出来事でもあったのだろうか？

俺は触れない方がいいのではと思いつつも、好奇心に負けて尋《たず》ねる。

「……何かあったんですか？」

「私のことをアイドルみたいに売り出そうとしたのよ」

「あー……神南さん美人ですからねえ」

腕組みをしながら、うんうんと頷《うなず》く鏡花さん。

一方の神南さんは、当時のことを思い出したのかうんざりしたような顔をしている。

彼女の性格からして、アイドルみたいな売り方されたらそらしんどいわな……。

「ああでも、千鳥の真似は無理でも方法はあるかも」

「むむ！　気になるのですよ！」

「これ見て、私の知り合いのアカウントなんだけど」

そう言って神南さんが見せてくれたのは、とあるＳＮＳのプロフィール画面であった。

そこには可愛らしいクマのアイコンと共に「クルクル@ダンジョン写真家」と表示されている。

ヘッダーに使われている画像も、奇岩の立ち並ぶ幻想的な草原の景色であった。

「ダンジョンの綺麗な風景を写真に撮《と》ってる子でね。見てよ、フォロワー十二万人」

「せ、戦闘力十二万⁉」

「この子なら知り合いだから、すぐに連絡付けられるわよ」

「ぜひお願いします！」

さっそく、電話でアポをとる神南さん。

こうして俺たち詩条カンパニーは、新たな課題解決に向けて動き出すのだった――。

おまけ　天人と那美の恋話

「神南《かんなみ》さん、無事に再就職できたんだってね！」

神南さんが詩条《しじょう》カンパニーへ入ったその日のこと。

俺《おれ》が新しい家に帰ると、那美《なみ》が嬉《うれ》しそうにそう言ってきた。

……あれ、神南さんの採用についてはまだ知らせてなかったはずなんだけどな？

「どこで聞いたんだ、それ」

「神南さん本人からだよ。ライン聞いたもん」

「いつの間にそんなに仲良くなってたんだ」

「女同士だからね」

サラッとそう言うと、那美はスマホの画面を見せてくれた。

そこには確かに、神南さんらしきプロフィール画像のアカウントが表示されている。

……俺でもまだ交換してもらってないのになぁ、流石《さすが》はコミュ強。

そんなことを考えていると、那美が笑いながら言う。

「でも良かった、すんなり決まって。就職が決まらないと大変だもん」

「そうだな。俺なんてほんとに苦労したもんな」

「ま、あの神南さんだから大丈夫だと思ってたけどね。お兄ちゃんと違って」

「……む、どういう意味だよそれ」

「不器用って意味。でも大丈夫、私はちゃんとお兄ちゃんの良さがわかってるから」

そう言って、満面の笑みを浮かべる那美。

まったく、これだから兄の扱いを心得た妹は困る。

兄妹だというのに、心を摑《つか》まれてしまうじゃないか。

「でも、お兄ちゃんも良かったねー。あんな美人さんと一緒にお仕事できるなんて」

「別に。仕事をするだけで、特に何かあるってわけでもないし」

「そう？　聞いたよ、お兄ちゃんと神南さんでペアを組んだんだって？　それってさ、一緒にダンジョンを探索するってことだよね」

「ああ、そうだけど」

「ならさ、吊り橋《つりばし》効果で一気に仲良くなっちゃったりするんじゃない？」

ググっと顔を近づけてくる那美。

いったい、何を言っているのだか。

俺と神南さんに限って、そんな展開があるわけないじゃないか。

「ないない。だいたい、神南さんが俺みたいなのに惚《ほ》れるわけないって」

「いい線いってると思うけどなー。それともお兄ちゃん、神南さん以外の人が好きだったりするの？」

「けほっ⁉　何でそうなる！」

予想外の話の流れに、俺はたまらず咳《せ》き込んでしまった。

すると那美はニヤッとからかうように目を細める。

「だって、この間お兄ちゃんの会社の人たちと焼肉したけどさ。一緒にいた女の人、二人とも美人だったじゃん」

「そりゃ、鏡花《きょうか》社長も七夜《ななよ》先輩も美人だけどさ。そんなすぐに好きとかならないって」

「すぐにってことは、時間が経《た》てばあるんだ」

食い下がってくる那美。

どうしてこんなに、兄の恋愛事情に興味があるのだろう？

女子のコイバナ好きは本能なのか？

「ああ言えばこう言うんだから……」

「そう言わずに答えてよ。お兄ちゃんは誰が好きなの？　可愛い系の社長さん？　それとも、クール系の黒月《くろつき》さん？　それともそれとも、王道ツンデレ系の神南さん？」

「いやいやいや、そんなこと急に言われても……」

「そうはいっても、あの子がいいなとかは絶対思ってるでしょ。前澤《まえざわ》さんが言ってた」

「前澤さんって誰⁉」

こうして俺が那美とああだこうだと騒《さわ》いでいると、急に玄関のチャイムが鳴った。

こんな時間に宅配便でも来たのだろうか？

はーいと返事をしてすぐにドアを開けると、神南さんが立っていた。

その手には発泡スチロールの箱がある。

「神南さん！　どうしたんですか？」

「就職祝いってことで、社長からお肉貰っちゃって。でも、一人じゃ食べきれないからお裾分けしに来たのよ」

「ありがとうございます！　うわ、すっごい霜降《しもふ》り！」

発泡スチロールの蓋《ふた》を開けると、中に入っていたのは霜降りのロース肉だった。

薄く切られたそれはしゃぶしゃぶ用かすき焼き用だろうか。

一枚一枚フィルムに包まれていて、見ただけで高級品であることがわかる。

「那美、見てみろ！　神南さんがお肉持ってきてくれた！」

「すご！　ほんとにいいんですか⁉」

「ええ。一緒に食べましょ」

「じゃあ、今夜はしゃぶしゃぶにします！」

そう言うと、那美は鼻歌を歌いながらキッチンへと向かった。

しゃぶしゃぶかぁ……本当に久しぶりだ。

サッとゆでたお肉をポン酢で食べるのがさっぱりしてて最高なんだよな。

あー、想像するだけでよだれが出てきそうだ……！

「……なんか、卑猥な顔になってるわよ」

「あ、すいません！　つい、しゃぶしゃぶのこと想像してて」

俺がそう言うと、神南さんは呆《あき》れたように肩をすくめる。

「あんたも結構稼《かせ》いでるんだから、しゃぶしゃぶぐらいいつでも食べられるんじゃないの？」

「そんなことないですよ！　まだまだ那美の学費を出さないといけないし、貯金とかもしないとダメなので」

「それにしたって食費ぐらいありそうだけど……。ま、堅実《けんじつ》なのは悪いことじゃないか」

そこまで言うと、神南さんはグーッと大きく伸びをした。

流石に、入社初日ということでいろいろと疲れたのだろう。

そのまま首をグルグルと回し、自分で自分の肩を軽く揉《も》む。

「……ところでさ」

「なんです？」

「さっきまで那美ちゃんと何話してたの？　廊下《ろうか》まで声が聞こえてたけど」

「え、ほんとですか？」

俺も那美も、いつの間にか声が大きくなってしまっていたらしい。

まあ、話していた場所も玄関だったから仕方ないか。

「ほんとほんと。なんか好きとかどうとか聞こえたけど」

「今日の晩御飯のメニューを決めようとしてたんだよ」

我ながら、ごく自然な嘘《うそ》をつけた。

それを聞いた神南さんは、ふぅんとつまらなそうな顔をしつつも頷《うなず》く。

「おーい、何してるのー！」

「はーい！」

那美に呼ばれて、俺たちはリビングへと移動した。

既《すで》にカセットコンロが出されていて、その上に土鍋《どなべ》が置いてある。

鍋には昆布と水が入っていて、ふわっといい匂いがした。

「お出汁《だし》が取れるまでちょっと待っててね！」

「何か手伝うことある？」

「神南さんはお客さんだから、ゆっくりしててください」

そう言っているうちに、那美は野菜を切り終えた。

そして大皿に広げたお肉と一緒に運んでくる。

うわー、大ご馳走《ちそう》だ！

「こりゃすごい……！　神南さん、ありがとうございます」

「いえいえ。こういうのはみんなで食べた方がおいしいし。さっそく食べましょ」

そう言うと、神南さんは鍋に沈んでいた昆布を取り出した。

そして大皿の肉を箸《はし》ですくうと、さっそく湯をくぐらせる。

桜色のお肉がサッと白くなり、見ているだけでよだれが出てきそうだ。

「んん、美味しい！　鏡花社長、なかなかいいのを選んだみたい」

「じゃあ俺たちも遠慮なく……」

大皿から肉を取って、しゃぶしゃぶして口に入れる。

たちまち、肉が口の中で消えた。

まるで、肉は飲み物とでも言わんばかりだ。

濃厚な脂《あぶら》の旨味が口全体に広がり、吐息《といき》が漏《も》れる。

「うまぁ……」

「最高だね、お兄ちゃん……」

「二人ともどんどん食べて良いわよ」

「神南さん、マジ神！　お兄ちゃん、やっぱり付き合うなら神南さんにしなよ！」

「付き合うなら……？」

げ、那美のやつまた余計なことを……！

たちまち神南さんの目つきが変わり、俺をじろっと冷たい目で見てきた。

彼女は那美の方を向くと、にこやかな笑みを浮かべて言う。

「那美ちゃん、さっきお兄ちゃんと何を話してたの？」

「お兄ちゃんが会社で誰が好きかって。でも全然教えてくれなくて」

「そう。ぜんぜん夕飯の話なんかじゃないわね。私、嘘つきは嫌いよ」

そう言うと、神南さんは俺の隣《となり》に置かれていた大皿を持ち上げた。

そして那美の方に渡すと、実にいい笑顔を浮かべて言う。

「那美ちゃん、お肉いっぱい食べてね！　お兄ちゃんはもうお腹いっぱいって」

「ちょ、ちょっと！　それはダメだって！」

「誤魔化《ごまか》そうとする方が悪いのよ。男らしくない」

「いやだって、あそこで言いづらいじゃないですか！　それにお肉とそれは関係ないって！」

ああだこうだと言い争う俺と神南さん。

結局、俺たちが仲直りするのはそれから数日後のことだった。

あとがき

読者の皆様、こんにちは。

作者のkimimaroです、この度は本書をお手に取っていただきありがとうございます。

私がライトノベル作家になって、早いものでまもなく十年。

業界の荒波に揉まれながらも、何とか生き延びて本を出し続けることが出来ました。

ライトノベル作家としては、それなりに長く続けている部類になるでしょうか。

しかしそんな私でも、新シリーズに立ち上げというのはいつも緊張します。

シリーズの行方は一巻によって、ほぼすべてが決まると言っても過言ではないためです。

今回の作品は、私がこれまで得意として来た異世界ではなく現代を舞台にした作品です。

ファンタジー要素をたっぷりと詰め込んでいますが、同時に、現代的なある種のカッコよさを重視して描きました。

その部分につきましては、ぜひ意識して読んでくださると嬉しいところです。

もちろん、チート系作品として重要な爽快感もたっぷり!

一人につき一つだけ与えられる能力が鍵となる世界観で、一人だけ千種類以上の魔法が使える主人公の活躍にご期待ください。

必ずや、皆さんのご期待以上のものであることをお約束いたします!

最後に、本書の製作および流通に関わったすべての方に感謝を。

特にＧＡ文庫関係者の皆様には、大変お世話になりました。

ぜひ、本シリーズの刊行が長く続いて今後も長い付き合いとなりますことを期待しております。

二〇二四年　十月

ファンレター、作品の
ご感想をお待ちしています

〈あて先〉

〒105-0001
東京都港区虎ノ門2-2-1
SBクリエイティブ(株)
GA文庫編集部 気付

「kimimaro先生」係
「刀 彼方先生」係

本書に関するご意見・ご感想は
右のQRコードよりお寄せください。

※アクセスの際や登録時に発生する通信費等はご負担ください。

https://ga.sbcr.jp/

前世が最強魔導師だった俺、異世界魔法で無双する！

発　行　　2024年11月30日　初版第一刷発行

著　者　　kimimaro

発行者　　出井貴完

発行所　　SBクリエイティブ株式会社
〒105-0001
東京都港区虎ノ門2-2-1

装　丁　　BELL'S GRAPHICS（内藤信吾）

印刷・製本　中央精版印刷株式会社

ISBN978-4-8156-2415-6
Printed in Japan　　GA文庫

試読版は
こちら!

試読版は
こちら!

試読版は
こちら!